AF135599

Jan Nöbel

Durch die Nacht

Jan Nöbel

Durch die Nacht

Bibliografische Information der Deutschen Nationalbibliothek: Die Deutsche Nationalbibliothek verzeichnet
diese Publikation in der Deutschen Nationalbibliografie;
detaillierte bibliografische Daten sind im Internet über
dnb.dnb.de abrufbar.

© 2019 Jan Nöbel

Herstellung und Verlag: BoD – Books on Demand,
Norderstedt

ISBN: 9783732296446

Inhaltsverzeichnis

1. Nimm 'nen Keks

Valerie saß vor ihrem Schminktisch und kramte in ihrer schwarzen Tasche nach einem Lippenstift.

Die Tasche hielt alleine durch Anstecker zusammen. Diverse Fuck-Nazis-, Smilies- und die Buttons verschiedener alternativer Rockbands beobachteten die Welt. Mitten drin und der ganze Stolz von Valerie, prangte ein rosa Britney-Bitch-Anstecker.

Die wenigsten verstanden den Witz. Und auch darauf war Valerie stolz.

„Wie sieht's aus?", fragte Tom vom Bett her. Er lag auf der Seite und machte das, was Valerie an ihm mit am meisten schätzte: Er sah gut aus und wartete auf sie. Ihrer Meinung nach sollte jede starke Frau einen Mann haben, der sie bewunderte.

„Fast fertig", antwortete sie und fand den Lippenstift. „Hol schon mal die Kekse." Und der natürlich machte, was sie wollte.

„Du willst das echt machen?"

„Hab ich doch gesagt."

„Ja, hast du. Hast auch gesagt, deine Mutter wollte gestern Abend Sauerkraut mit Eisbein kochen. Davon hab ich bisher auch noch nichts gesehen."

„Tragisch, ich weiß. Sieh es als einen Teil deiner Erziehung und kulturellen Resozialisierung."

„Hä?"

Sie wandt sich ihrem Freund zu, den Lippenstift im Anschlag. „Ich habe einfach bedenken, was einen zwanzigjährigen Italiener angeht, der Pasta verabscheut und Sauerkraut liebt."

Tom sah sie weiterhin fragend an. Er war ... schön. Anders konnte Valerie es nicht nennen. Schön, auf eine klassische Art, für die Bildhauer anstehen würden, um sie für immer festzuhalten. Sogar seine Verwirrtheit war schön. Selbst Männer mit Vollbart, Jeans und Holzfällerhemd, die gerade alleine ein Sixpack gekillt und dabei Fußball gesehen hatten, würden ihn schön nennen und anfangen an ihrer Vorliebe für große Brüste zu zweifeln.

Und dann begann er zu reden und sie überkam das Bedürfnis, ihm den Mund zuzuhalten.

„Was hat das eine mit dem anderem zutun?", fragte Tom verwirrt.

„Ich ... vielleicht ist es auch einfach nur ein Trauma meinerseits", wiegelte Valerie ab. Sie konnte eine tiefsitzende Abneigung gegenüber Sauerkraut einfach nicht verleugnen.

Tom zuckte mit den Schultern und stand lässig auf. Er schlenderte zu ihrem mit Stickern übersäten Schrank und fischte eine Packung Cookies heraus.

„Die hier?"

„Genau jene."

„Und ich habe keine Chance, dich davon abzubringen?", fragte er, nicht ohne eine deutliche Hoffnung in der Stimme.

„Nicht die Geringste." Sie lächelte auf eine Weise, von der sie wusste, dass er ihr nicht widerstand.

„Ach Principessa", seufzte er. Zufällig wusste sie, dass es eines der wenigen italienischen Worte war, die er noch kannte und die nicht von der Menükarte einer Pizzeria stammten. „Wenn du so entschlossen bist." Er reichte über ihre Schulter hinweg und steckte die Packung in ihre Tasche. Dabei hauchte er ihr einen Kuss auf die Wange.

„Bin ich", bestätigte Valerie und stand auf. „Los gehts."

Sie fuhren vom Haus ihrer Eltern aus mit dem Bus in die Innenstadt. Die spießige Vorstadt hatte nicht unwesentlich zu ihrem Ziel beigetragen, Soziologie zu studieren. Im Laufe der ersten Semester war sie immer mehr zu dem Schluss gelangt, dass die Menschheit, sobald sie sich in ausreichend großer Menge zusammenfand, sau blöde war. Diese Masse nannte sie gerne die Leute. Natürlich hatte sie von der Dummheit der Leute schon vorher gewusst. Aber nun legte ihr die Uni nach und nach das Werkzeug und Wissen in die Hände, um das der Welt wissenschaftlich zu beweisen. Besonders unerträglich erschien ihr diese Alltagsdummheit, wenn der ganz gewöhnliche Mann von der Straße den anderen ganz gewöhnlichen Mann von der Straße traf.

„Also, erklär es mir nochmal", bat Tom, der brav neben ihr stand, während sie den letzten Sitzplatz belegte. „Wieso genau opfer ich mein Wochenende mit den Keksen?"

„Eine kleine Übung für ein späteres Uniprojekt", erklärte Valerie. „Es geht darum, mit Hilfe der guten alten Ironie, den Leuten ihre spießige Verbohrtheit und Alltagsdummheit aufzuzeigen."

„Indem du ihnen einen Keks gibst."

„Genau."

„Und dass soll sie weniger spießig machen."

„Richtig."

Tom schien einen Moment lang darüber nachzudenken.

„Gibst du ihnen nur den Cookie, oder sagst du ihnen auch, wieso?"

„Natürlich. Sonst würden sie ja den Kontext nicht verstehen."

„Ah."

„Ich werde so etwas sagen wie: ,Sie haben ja recht. Nehmen sie doch einen Keks."

Tom schien in ernsthaften Gedanken versunken. Dann sagte er: „Verstehe."

„Gut."

„Glaube ich", fügte ihr Freund dann hinzu.

Valerie seufzte.

Eine viertel Stunde später hielt der Bus in der Innenstadt.

Um sowenig soziale Interaktion wie möglich bemüht, schoben sich die Passagiere dem Ausgang entgegen. Vor Valerie wollte gerade eine ältere Frau aussteigen, da drängte sich eine Gruppe aus vier Jugendlichen durch die Tür. Wie so oft bedeutete dies den Startschuss für alle anderen Wartenden und immer mehr Menschen quetschten sich hinein.

„Also hören Sie mal!", ereiferte sich die Frau und blieb entrüstet in der Tür stehen. Oder versuchte es zumindest. Der Druck hinter ihr schob sie unerbittlich weiter. „Man lässt erst einmal die Leute aussteigen!"

Valerie beobachtete fasziniert das Fehlen jeglicher Reaktion auf die ältere Frau. Immer noch empört richtete die Dame ihre Tasche und sah dabei aufgeregt zwischen ihrem Accessoire und dem Bus hin und her. „Also wirklich!", teilte sie der Welt im Allgemeinen mit. „Es gibt kein Benehmen mehr."

Valerie sah ihre Chance gekommen, trat an die Frau heran und griff dabei in ihre Tasche.

„Wissen Sie was?", sagte sie und war ein wenig stolz darauf, dass sie es schaffte das „Sie" respektvoll auszusprechen. „Sie haben Recht! Nehmen Sie doch einen Keks."

Verwirrt sah die Frau sie an und ergriff fast mechanisch den Cookie.

„Ich meine," sagte sie, das Gebäck in den Hände halten, „wo soll das denn hinführen?"

„Ganz meine Meinung!", erwiderte Valerie ernst. „Ich wünsche Ihnen noch einen schönen Tag.", fügte sie dann hinzu, um sich schnell aus der Situation zu lösen.

Sie zog den wartenden Tom mit und ließ die ratlose Dame, immer noch ihren Cookie haltend, zurück.

„Das ging schneller, als ich dachte."

Tom sah über die Schulter,

„Sie hält den Keks noch immer und guckt drauf."

„Siehst du? Es funktioniert!"

„Wenn du meinst."

Zufrieden bog Valerie auf eine Seitenstraße ab.

„Du hast aber im Kopf, dass wir uns um acht mit den anderen im Park treffen?", fragte Tom.

„Klar. Sind ja noch zwei Stunden. Bis dahin haben wir alle Kekse weg."

„Glaub ich nicht."

„Musst du auch nicht", sagte Valerie ein wenig trotzig. „Du wirst es sehen."

Eine halbe Stunde später stand sie kurz davor, ihre Meinung zu ändern. Auch wenn die Innenstadt vor Leuten barst, die unbedingt Shoppen wollten, ergab sich keine Situation von selbstzufriedener gesellschaftsrettender Spießigkeit. Konnte man sich nicht einmal mehr auf die Dummheit der Leute verlassen? Außerdem verzichtete Tom auf jeden Kommentar, was sie zusätzlich ärgerte.

Um sich abzulenken, betrat sie eine dieser seelenlosen Franchise - Büchereien. Sie kramte in der DVD-Auslage. Die Ironie der Tätigkeit empfand sie als angemessen für ihr Projekt. Auf einmal weiteten sich ihre Augen.

„Alles ok?", fragte Tom besorgt, der ihr Starren und die plötzliche Regungslosigkeit falsch deutete. Valerie nickte langsam und hob ehrfürchtig die DVD.

„Das hier", hauchte sie, „ist praktisch mein Krafttier der Pubertät."

Tom blinzelte und las den Titel. „Daria?", fragte er skeptisch. Ein gezeichnetes braunhaariges Mädchen mit großer Brille und gleichgültigem Ausdruck erwiderte seinen Blick.

„Die erste Staffel. Wenn du sie siehst, wirst du's verstehen."

Tom sah zwischen Valerie und der DVD hin und her. Dann zuckte er mit den Schultern.

Sie stellten sich an die Kasse. Eine Schlange wand sich durch die halbe Filiale, während zwei andere Kassen nur jeweils einen einzigen Kunden bedienten. Valerie, die Schrullen der Welt durch ihren neu gefundenen Schatz ignorierend, lief an den Wartenden vorbei und stellte sich direkt an eine der frei werdenden Kassen.

„Also wirklich!", durchdrang eine männliche Stimme den Dunst aufsteigender Nostalgie. „Stellen sie sich gefälligst hinten an. Hier wird nach dem amerikanischen System gearbeitet!"

Valerie blinzelte und drehte sich um. Die Leute sahen sie an und sie erkannte ein breites Spektrum an Gefühlen. Manche waren empört. Andere wirkten bewundernd. Einige wenige schienen völlig im Wartedelirium zu schweben und nichts mehr wahrzunehmen. Der selbsternannte Sprecher strahlte rechtschaffene Entrüstung aus. Valerie erkannte in ihm den Mann von der Straße. In diesem Mitbürger vereinte sich alles Spießbürgerliche, das ein Mensch erreichen konnte.

Valerie schluckte eine bissige Antwort hinunter, setzte ein freundliches Lächeln auf. „Natürlich, sie haben recht", antwortete sie zuckersüß, ging die Schlange zurück und blieb auf halbem Weg bei dem Mann stehen. „Hier, nehmen sie doch einen Keks. Sozusagen als Entschuldigung."

Irritiert sah der Mann zwischen ihr und dem Cookie hin und her. Interessiert beobachtete die Menge die Szene. Die Leute vermuteten eine Gemeinheit, erkannten aber noch nicht genau, wo sie versteckt lag.

Der Mann schien ähnlich zu denken, aber er kam wohl zu dem Schluss, dass ein Keks ein Keks war. Er griff zu und die Menge wartete auf eine Explosion.

„Es muss halt alles seine Ordnung haben", verteidigte der Mann seine Position, nur nicht mehr ganz so sicher vor wem oder was genau. Die Freundlichkeit schien ihn zu irritieren. Valerie lächelte noch einmal und begab sich an den Schluss der Schlange. Enttäuschung breitete sich aus, als nichts Spektakuläres geschah. Der Mann starrte weiterhin auf den Keks. Vorsichtig leckte er daran und zuckte zusammen, als eine Verkäuferin ihn wiederholt aufrief.

Zehn Minuten später verließen Valerie und Tom die Bücherei. Valerie strahlte.

„Zwei weg, *nur* noch zehn über", ließ sich Tom vernehmen. Valerie sah ihr Anhängsel kritisch an.

„Höre ich da eine Spur Gereiztheit?"

„Niemals, Cookie Girl", gab Tom zurück. Valerie horchte auf. Tom wurde selten ironisch. Sie glaubte, es lag an einem Mangel an Intelligenz, war sich aber nicht sicher. Wenn er jedoch auf Ironie zurückgriff, wurde er launisch. Er mutierte dann zur perfekten Diva.

„Was willst du machen?", fragte sie. Die Diva war unerträglich und richtete sich gerne mehrere Tage lang ein.

Tom überlegte. Schließlich sagte er: „Lass uns zum Hafen fahren. Ich will das Meer sehen."

Cookie Girl nickte. Tom liebte das Meer und träumte, wie sie wusste, von einem eigenen Boot. Was ihrem Anhängsel an Allgemeinwissen fehlte, glich er durch nautisches Fachwissen aus. Valerie interessierte sich nicht für die Schifffahrt. Es reichte, ihr zu wissen, dass Schiffe ein spitzes Ende besaßen und sich über dem Wasser hielten. Allerdings glänzten seine Augen, wenn er von der See sprach. Sie liebte diesen Anblick.

Sie schlenderten zurück zur Haltestelle und stiegen nach kurzer Wartezeit in eine Bahn.

Die Bahn glänzte durch Leere. Nur wenige Fahrgäste belegten die Plätze. Valerie ließ sich auf einen freien Sitz fallen. Ihr gegenüber saß ein Mann, den sie nicht mit älter, sondern nur mit alt und grau beschreiben konnte. Er starrte sie missmutig an.

„Also, erlauben Sie mal", sagte er schroff. „Haben Sie kein benehmen? So viele freie Plätze und Sie halten es für nötig, sich auf einen Behindertenplatz zu setzen?"

Für einen Moment brachte sie die Plötzlichkeit des Ausbruchs aus dem Konzept. Dann lächelte Valerie und ihre Hand glitt in ihre Tasche. Doch bevor sie einen Keks fand, veränderte sich etwas im Ausdruck des Mannes. Sie benötigte einen Moment, bis sie erkannte, was es war. Tränen sammelten sich in seinen Augen und seine Züge entgleisten langsam und zitternd.

„Verzeihen Sie. Verzeihen Sie bitte vielmals", sagte er sichtlich um Fassung ringend. „Es spielt ja wirklich keine Rolle, nicht wahr? So viel Platz und ich ereifere mich über einen, der fehlt. Dabei gibt es doch wichtigere Dinge. Wichtiger, ja."

Etwas anderes erlangte die Aufmerksamkeit Valeries: der Gestank von Alkohol und Schweiß.

„Es ist nur so, meine liebe Mutter ...", der Mann brach ab. Ironie und Sarkasmus verschwanden beschämt, als Valerie sich der Erkenntnis stellte, dass dieser Mann getrunken hatte, aber kein Trinker war. Der Geruch seines Schweißes sprach von Angst. Meine liebe Mutter, dachte sie.

„Schon gut", sagte der Teil von Valerie, der in der Lage war die Menschen von den Leuten zu unterscheiden. „Wollen Sie", und sie sprach das ‚Sie' ohne jeden falschen Respekt aus, „vielleicht erzählen, was sie bedrückt?" Aufmunternd legte sie ihm die Hand auf die Schulter.

2. Sohn

Hartmut sah die junge Frau an, ihren Arm, ihren Blick und entdeckte nur Aufrichtigkeit.

„Ich, ich möchte Sie nicht belästigen", sagte er, und roch den Schnaps in seinem Atem beschämt selbst.

„Machen Sie sich darüber keine Gedanken", antwortete die Frau aufmunternd.

Noch immer zögerte Hartmut, dann gab er sich einen Ruck.

„Meine lie ... meine Mutter, sie hat sich zuerst die Hüfte gebrochen. Ein Sturz von der Treppe. Das Krankenhaus brach ihren Willen. Sie liegt nur noch da und ... sie isst nicht ... nur der offene Mund und die verkniffenen Augen. Es ist kaum zu ertragen."

Zitternd wischte er die Augen mit der Rechten trocken, der alte Ring zog eine kalte Spur.

„Die Ärzte sagen es wird sich nicht mehr bessern. Wir ... ich ... meine Geschwister, wir sollen entscheiden. Sie sagen, es liegt an uns, das Leiden zu beenden."

In seiner Tasche vibrierte sein Handy. Er ignorierte den Ruf.

„Wie ... wie kann ich mich denn gegen das Leben meiner Mutter entscheiden? Wie ist das zu verlangen?"

„Sie erwähnten Geschwister. Wie denken sie darüber?"

Hartmut unterdrückte ein verzweifeltes Lachen.

„Sie überlassen es mir, zu wählen. Sie sagen, es ist die Pflicht des Ersten. Aber ich weiß genau, dass sie mich hassen, gleich wie ich mich entscheide."

Der junge Mann, sein Blick mit sehnsüchtigem Drängen, sagte etwas zu der Frau, woraufhin sie nickte.

„Ich fürchte, ich kann Ihnen keine Entscheidung abnehmen", sagte sie und raffte ihre Tasche zurecht. „Aber ich wünsche Ihnen und Ihrer Mutter Kraft und versichere Ihnen mein Mitgefühl."

Auch wenn er die Floskeln des Ausdrucks vernahm, blieb ihm die Aufrichtigkeit nicht verborgen.

„Danke. Das ... ich weiß. Für das Zuhören alleine ... danke!"
Die Frau schenkte ihm noch einmal ein Lächeln, ihr Begleiter ihm
ein Nicken und dann stiegen sie aus. Sein Blick verfolgte sie noch für
ein, zwei Momente, dann verlor er sie.

Wieder vibrierte sein Handy. Mit hastiger Hand zog er es aus seinem
Mantel hervor und betrachtete die beiden Nachrichten.

Von: Michaela Hallinger
Habe versucht, dich Zuhause zu erreichen. Müssen wegen Mutter
reden.
18:45 Uhr

Von: Bastian Hallinger
Hey Papa, gibt es schon etwas Neues von Oma? Werden nächstes
Wochenende zu Besuch kommen. Glaubst du, die Kinder können Oma
sehen?
18:53 Uhr

Was blieb schon mit seiner Schwester zu bereden? Sich vorwerfen
lassen, dass er das Leiden nicht beendete? Dass er es wagen könnte?

Und die Großmutter so den Enkeln zeigen? Es war doch kaum für
ihn zu ertragen!

Zwei Stationen weiter und er stieg aus. Sein Ziel lag in der Flucht,
auch wenn er es sich selber nicht eingestand. Nur die Nerven beruhigen,
bei einem Glas Wein. Dann nach Hause, wo das Telefon wartete, der
Anruf mit seinem Bruder. Irrsinn, denn auch so hätte er mit ihm
sprechen können, aber er suchte die Ruhe des eigenen Heims.

Er fand in der „Geflickten Trommel" den Ort seiner Einkehr.
Hartmut nahm an einem Tisch auf einer großen Bank Platz. Die alte
Weinstube spendete ihm einen seltsamen Trost, einen Hauch von
Hoffnung, die doch selbst der alte Steppenwolf fand.

Während der Wein atmete, suchte sein Blick die Wände nach
Bildern, Hinweisen und Antworten ab. Stumme Gemälde von Reben
und Gästen, manche in Schwarz und Weiß, andere in den verblichenen
Farben alter Zeiten, boten keinen Halt.

Er suchte noch immer nach dem Grund, für die Boshaftigkeit der Geschwister. Seit seiner Kindheit verhielt es sich schon so. Dabei hatte Vater ihm seit jeher alles abverlangt! Er hatte die Pflichten getragen, während sein Bruder und seine Schwester jede Freiheit genossen! Und hatte nicht ihre Mutter sie alle mit Liebe übergossen?

Er griff nach seinem Handy und antwortete dem Sohn und der Schwester:

Bin noch unterwegs. Werde mich später melden.
19:07 Uhr

In dem Moment, in dem er auf Senden drückte, erreichte ihn ein Anruf. Das Bild des Bruders sah ihn streng und herausfordernd an. Hartmut glaubte ein Drängen hinter dem Klingeln zu spüren, als wisse Wilfried, dass sie nur ein Knopfdruck trennte.

Hektisch legte er das Handy, nun tonlos, ab und griff nach dem Glas, leerte es mit einem Zug. Quälend lange dauerte der versuchte Anruf, dann trat wieder Stille ein. Sein Gewissen jedoch verurteilte ihn, der sich schließlich um seine Familie kümmern musste.

Und weiterhin keine Hermine, kein Pablo, kein magisches Theater.

Hartmut trank ein zweites Glas und trat, nun mehr leicht wankend und mit seltsamer Beklemmung in der Brust wieder auf die Straße hinaus.

Ob es zu spät war, noch einmal nach der Mutter zu sehen? Er wollte natürlich keine Scherereien machen, nur wissen, ob sie gut versorgt war. Um sein Auftreten wissend, beschloss er, den Weg zum Krankenhaus laufend zu bewältigen.

Die frische Luft, gepaart mit dem Duft des Meeres, belebte Hartmuts Geist, entfachte erneut alte Erinnerungen.

Wie stolz Mutter auf ihn gewesen war, als er ihr von seinem Unternehmen erzählte. Sie ließ es sich nicht nehmen, ihn dort zu besuchen. Wie sie strahlte, als sie den Geschwistern von dem Erfolg berichtete.

Geistesabwesend glitten die Finger über den Stift in der Manteltasche. Der Kugelschreiber begleitete ihn schon so lange, dass der gravierte Schriftzug an seiner Seite fast nicht mehr lesbar war. Das neuerliche Vibrieren versetzte ihn in die Gegenwart zurück.

Von: Michaela Hallinger
Hat Wilfried dich erreicht? Ruf ihn doch bitte jetzt zurück. Es ist wichtig!
19:18 Uhr.

Hartmut steckte das Handy zurück in die Jackentasche. War es denn so schwer, ihm einen Moment der Stille zu gestatten? Er würde sich ja melden, das hatte er doch klar versprochen! Er holte tief Luft und lehnte sich, entgegen seiner Gewohnheit, an eine Laterne. Passanten blickten ihn merkwürdig an, aber er beschloss sie zu ignorieren. Nach wenigen Atemzügen fühlte er sich wieder etwas befreiter. Alte Häuser, noch aus den Anfängen des 20. Jahrhunderts umsäumten ihn. Er kannte die kleine Straße, auch wenn er sie seit Jahren zum ersten Mal wieder betrat. Seltsam unveränderte Fassaden standen zu beiden Seiten, offenbarten veränderte Details nur zögernd.

Hartmut fühlte sich fremd und vertraut und auf seltsame Art abgelehnt. Der letzte Besuch musste noch mit seinem Vater gewesen sein, wie immer streitend. Er erinnerte sich daran, wie sein alter Herr ihm die vielen, erfolgreichen Geschäfte zeigte und zweifelnd anmerkte, dass er Hartmut diesen Erfolg nicht zutraute.

Die Erinnerung zwang ihn weiter. Keinen der damaligen Läden fand er wieder. Er schloss den Griff um den Stift fester.

Einige Straßen weiter, fast auf der Hälfte der Strecke zu dem Krankenhaus, fand er eine Bank, nicht zu verunstaltet und ließ sich leise ächzend darauf nieder.

Hohe, spiegelnde Fassaden umgaben ihn, jede auf ihre Art kalt und unpersönlich. Sein verzerrtes Spiegelbild starrte ihm leer entgegen.

Erneut spürte er den Ruf seines Handys, wieder sein Bruder. Unentschlossen drehte er das Mobilfunktelefon hin und her. Er hielt stumme Zwiesprache mit seinem Spiegelbild, in der Hoffnung, die Entscheidung würde ihm abgenommen. Schließlich wagte er es, nahm das Gespräch an.

„Hallo Wilfried."

„Hallo Harry. Bist du bei Mutter?"

„Ich, nein, gerade noch nicht."

„Es ist recht laut bei dir. Ich kann dich kaum verstehen. Bist du in der Stadt?"

„Ja. Es ist noch recht viel los."

Eine kleine Pause. Dann fragte sein Bruder:

„Hast du getrunken?"

„Was? Wieso ... Ja, ein, zwei Gläschen."

„Du sprichst ein bisschen undeutlich. Deshalb. Ist ja aber auch deine Sache."

Wieder eine kurze Pause. Hartmut hörte die Missbilligung in dem Schweigen deutlich.

„Was möchtest du, Willy?"

„Ich wollte wissen, wie es Mutter geht. Und ob du eine Entscheidung ..."

„NEIN! HABE ICH NOCH NICHT!", platzte es aus Hartmut heraus. Das Atmen fiel ihm schwer. Menschen sahen ihn irritiert an. Etwas bemühter um Ruhe fuhr er fort: „Ich muss auch deutlich sagen, dass ich mir von euch mehr Unterstützung, eine gemeinsame Entscheidung wünsche!"

„Jetzt beruhig dich mal! Du wolltest doch immer bestimmen. Jetzt bestimmst du. Außerdem, Mutter hat dich ausgesucht. Du erinnerst dich an die Verfügung? Sie hat dich ganz klar benannt!"

„Das ist doch so nicht richtig."

„Was ist denn richtig?"

„Sie hat geschrieben, dass ich in letzter Konsequenz entscheiden soll. Nicht, dass ich alleine eine Wahl treffen muss!"

„Du versteckst dich hinter Wortklaubereien. DU musst den Ärzten sagen, ob sie das Leiden beenden dürfen. DU bist doch einfach nur zu feige!"

Hartmut sprang auf, gleichzeitig drückte ihn eine plötzliche Schwäche zurück auf die Bank. Er versuchte, sich abzustützen, doch sein Arm versagte ihm den Dienst.

„Ich ... jetzt hörst du dich, ah, an wie ... ich.“

Sein Blick verklärte sich, das Atmen schmerzte. Nicht das Atmen, die ganze Brust, der Arm, der Hals. Hartmut wollte etwas sagen, doch brachte er kein Wort heraus.

„Harry? HARRY?“. Die Stimme seines Bruders, weit entfernt. Andere viel näher aber diffus.

Vor ihm hielt ein schwarzer Wagen. Hartmut erkannte undeutlich einen jungen Mann. Er fragte etwas, das Hartmut nicht verstand.

Dann sprang der Mann aus dem Wagen heraus, ein Handy am Ohr.

Hartmut spürte nur noch betäubenden Schmerz. Der junge Mann war plötzlich über ihm. Lag er? Er fragte etwas, dass Hartmut nicht verstand. Bestimmend deutete er auf irgendetwas. Wohin war sein Handy verschwunden?

Immer noch der Ruf seines Bruders.

Dann riss der Mann sein Hemd auf.

3. Die Jagd

Der Mann lag auf dem Boden, während der Wolf seine Brust mit kräftigen Stößen massierte. Gleichzeitig kommandierte er die Gaffer.

„DU", rief er einen Jugendlichen zu, „guck in seine Taschen. Sieh nach, ob du seinen Ausweis findest, oder eine Karte, auf der was wegen Allergien steht." Der Junge griff wie hypnotisiert in den Mantel des Mannes. Wo blieb der Krankenwagen?

Eine laute Stimme, die seltsam blechern klang, erregte seine Aufmerksamkeit. Ein kurzer Blick, und er entdeckte ein auf dem Boden liegendes Handy.

„SIE", wies er eine Frau an, die sich anschickte, alles auf ihrem Smartphone aufzunehmen. Sie widerte ihn an. „Gehen sie an sein Handy und finden sie heraus, wer dran ist."

Die Frau, zu überrascht, um sich zu wehren, gehorchte.

„Hey, also", meldete sich der Jugendliche „ich hab seinen Ausweis, er heißt Hartmut. Aber sonst nur ein Foto und irgendein Zettel."

„Steht etwas über Krankheiten drauf?"

„Nein, nur ...", der Junge blinzelte konzentriert, als er zu lesen versuchte. Sirenen wurden hörbar. „Ein Rezept. Glaub ich. Ist in dieser alten Schrift."

„Sein Bruder ist dran", meldete sich die Frau.

„Weiß er etwas über Herzleiden?"

Kurzes Gemurmel, dann: „Nein. Bisher nichts."

Und dann kamen die Sanitäter an. Kurz danach der Notarzt. In knappen Sätzen informierte er sie, verwies an den Bruder.

Ob er mitfahren wolle? Nein, aber die Telefonnummer könnten sie haben.

Ein Nicken, ein Danke, und dann waren sie weg.

„Scheiße", sagte der Jugendliche, „meinst du, der wird wieder?"

„Möglich."

„Fuck, das war echt genial, wie du ihm da geholfen hast."

„Denk dir einfach immer: Da könnte ich liegen. Würde doch auch Hilfe wollen.", gab er zur Antwort. „Schon mal einen erste Hilfe Kurs gemacht?"

„Ne, kommt noch. Führerschein und so."

„Nimm's dir zu Herzen." Er klopfte ihm motivierend auf die Schulter, wandt sich ab und stieg zurück in seinen Wagen.

Genussvoll spürte er seinem Herzschlag nach. Immer noch schnell und kräftig pulsierte es in seiner Brust, sorgte dafür, dass das Adrenalin weiter im Körper kreiste.

Er genoss den Kick, schmeckte dem Moment nach.

Während er suchend durch die Stadt fuhr, zählte er. Zählte die guten Taten und die verbleibenden Tage. Und gleichzeitig spürte er, wie der Moment verflog, wie das Denken wieder klarer wurde.

Den Blick nach innen gerichtet, wurde er langsamer. Schließlich fand er den Punkt in seinem Innern, die Klarheit, die Überzeugung.

Genug gute Taten. Genug, um einen kleinen Lustmord aufzuwiegen.

Er begann zu Lächeln. Dieses Lächeln, mit dem er selbst paranoide Mütter überzeugte, ihm ihre Töchter mitzugeben.

Erregendes Prickeln breitete sich in seinem Nacken aus, gleichzeitig erfasste ihn eine gespannte Ruhe. Die Jagd begann!

Sein Blick suchte zwischen den Passanten nach Beute. Der frühe Abend lockte. Immer mehr Menschen wanderten in die Innenstadt; Zombies gleich, die sich am beginnenden Wochenende labten. Für ihn standen sie alle auf einer Stufe mit Gaffern oder mit Aasgeiern der Gesellschaft. Sie jagten sinnlosen Eindrücken hinterher, nur um sie zu verschlingen, um die Impressionen in die bodenlosen Löchern in ihrem Inneren zu stopfen. Er jedoch war anders. Er genoss, suchte etwas Einzigartiges. Einen Lebensmoment, den er halten und zerbrechen konnte. Natürlich musste ein Ausgleich geschaffen werden! Ein vergangenes Leben besaß einen Wert und diesen Wert zahlte er pflichtbewusst zurück. Die Welt beruhte auf Gleichgewicht. Davon war er zutiefst überzeugt.

Und dann erhaschte er einen kurzen Ausblick auf den Moment. Ein lächelnder Blick, ein springender Zopf. Die Beute verschwand im Dickicht der Leiber.

Er fuhr langsamer, doch immer im Fluss. Sein Moment ein lockendes Leuchtfeuer. Er schloss auf, wartete.

So folgte er ihr, die Spannung kaum aushaltend. Eine kurze Veränderung in ihrem Blick, eine Disharmonie. Doch nicht wegen ihm, etwas anderes irritierte sie. Er griff nach der Chance.

„Entschuldigung", sagte er durch das geöffnete Fenster. Offenheit und Hilfsbereitschaft strahlten bei jedem Wort über seinem Gesicht. „Ist alles ok?"

Sie sah ihn verwundert an, dann sah sie sein Lächeln.

„Ja, schon. Es geht ... ich bin nur einfach ... habe meinen Bus verpasst."

„Oh, das ist ärgerlich. Aber auch gut."

„Gut?"

„Ja, ich sah dich, dass du ist doch in Ordnung?, und dachte, dass es etwas Ernstes wäre."

Überrascht hielt sie inne. Und da wusste er, dass sie in sein Auto stieg.

„Nein!", sagte sie dann lächelnd. „Nein, zum Glück nicht. Und ja, ein du ist in Ordnung."

„Dann ist gut. Ich wünsche dir noch ein schönes Wochenende."

„Danke."

Ein kurzer Moment der Unsicherheit. Er winkte, und sie entschied sich.

„Kannst du ... geht es vielleicht, dass du mich ein Stück mitnimmst? Nur bis zum Hafen? Ich treffe da ein paar Freunde."

„Ich fahr zwar nicht genau da hin, kann dich aber in der Nähe absetzen."

Sie strahlte. „Klasse!"

Und dann saß sie in seinem Wagen.

Er kostete von ihrer Anwesenheit. Während sie ihm den Weg beschrieb, lauschte er dem Klang ihrer Stimme, der Leichtigkeit ihrer Präsenz. Sie strahlte eine kostbare Freude aus.

„Der Hafen ist in letzter Zeit beliebt bei euch jungen Leuten, habe ich den Eindruck", sagte er im Plauderton.

„Euch jungen Leuten ist gut." Ein Lächeln in jedem Wort. „Bin immerhin fast zwanzig."

„Hätte dich für jünger gehalten."

Sie lachte und er drückte beiläufig einen Knopf hinter dem Lenkrad. Die Türen verschlossen sich geräuschlos. Ein Teures aber bewährtes Extra. Sie sollte noch keine Angst haben.

„Das ist nett von dir, aber ich werde schon nicht mehr nach dem Perso gefragt."

„Jetzt übertreibst du aber!"

„Ne, echt." Und dann nach einer Pause und mit leichtem Interesse: „Wie alt bist du denn?"

„Was glaubst du?"

„So um die 30?"

„Ist ja sehr vage."

„Hm ... 32?"

„Nah dran. Bin 34."

Die Neuigkeit schien ihr Interesse nicht zu beenden. Eher noch zu verstärken. Er wusste, dass er gut aussah und auf viele Frauen attraktiv wirkte. Er hatte ebenfalls gelernt, es zu nutzen. So echt, dass seine Asexualität nicht offensichtlich wurde.

„Das merkt man", sagte sie nach einer kurzen Pause. „Also, nicht falsch verstehen. Die Jungs in meinem Alter sind ganz ok. Aber halt ... Jungs. Man merkt eben, dass sie keine Erfahrung haben."

Er lachte. Sie musste glauben, weil ihm ihre Avancen gefielen, er, weil er für sie eine völlig andere Erfahrung vorhersah.

„Willst du mal was Geniales sehen?", fragte er sie lächelnd. „Ist ein kleines Gimmick vom Auto."

Ein unsicheres Lächeln. „Klar."

Er drückte einen Knopf und die Seiten- und Heckscheibe verdunkelten sich.

„Wow! Sowas Geiles hab ich ja noch nie gesehen!" Sie bestaunte die dunklen Scheiben und übersah, dass er nicht abbog.

„Kann sehr praktisch sein."

„Das glaub ich." Sie sah ihn lustvoll an und er saugte ihre Aufmerksamkeit auf. Er versuchte, sich diesen Moment einzuprägen, in dem sie beide eine Lust verband, in der eine trügerische Harmonie herrschte.

Er lauerte auf den Augenblick, indem sie zerbrach.

„Ich glaub, wir haben uns etwas verfahren", sagte sie dann auf einmal.

„Nein, ist schon ok." Er legte Wert darauf, nicht zu lügen. Lügen konnten erkannt werden.

„Ist das eine Abkürzung?"

„Mehr oder weniger."

Er ließ die belebten Straßen hinter sich. Fassaden zeigten sich Bild. Er kannte diese Stelle der Stadt genau. Die letzten Wochen hatte er hier immer wieder Zeit verbracht, ohne Auto und schicke Kleidung. Hatte sich jeden Winkel eingeprägt, bis er die perfekte Gasse, den perfekten Ort fand.

Der größte Spaß, so dachte er, ist, wenn die Beute selbst in das Heim des Jägers rennt.

„Ich ... ich glaube, wir sind hier falsch." Ihre Stimme, noch frei von Angst, aber von Unsicherheit gefärbt.

„Nur einen Moment noch." Innerlich lechzte er, spürte seinen Herzschlag immer stärker.

Etwas in dem Klang seiner Worte musste sich verändert haben, denn sie warf ihm einen argwöhnischen Blick zu.

Die Harmonie zerbrach. Seine Lust blieb zurück.

„Ich, ich fühl mich hier nicht wirklich wohl."

„Das geht bald vorbei."

Sie schien hin und her gerissen, ob sie aussteigen sollte oder nicht. Schweiß trat auf ihre Stirn.

„Ich will ...", brachte sie schließlich hervor, doch da hielt er an.

Ihre Tür des Wagens ruhte direkt vor der Gasse. Sie konnte nur hinein gehen.

„Also", sagte er fest und grausam kalt zugleich. „Das Spiel ist ganz einfach. Wenn du das Ende der Gasse erreichst, wenn du sie dort verlassen kannst, lasse ich dich leben." Sie erbleichte und er sog ihre Angst in sich auf. „Wenn ich dich vorher erwische, werde ich dich mit meinen eignen Händen töten. Aber ... vielleicht schaffst du es ja, an mein Mitgefühl zu appellieren." Er lachte und bleckte die Zähne, zog sich schwarze Handschuhe an.

„Na los!" Schnappte er.

Sie versuchte, die Tür aufreißen, doch sie ließ sich nicht öffnen. Er labte sich an ihrer Panik.

„Oh Verzeihung." Ein Knopfdruck und sie fiel aus dem Wagen, Tränen in den Augen.

Er wartete. Einen Herzschlag. Einen Zweiten. Dann stieg er aus. Er folgte ihr um eine kleine Biegung, schritt über Müll und verlorenen Schmuck. Hörte ihr gehetztes Atmen.

Er erreichte seine Beute, seinen Moment am Ende der Gasse. Mauern zu den Seiten und vor ihr. Er leckte sich die Lippen.

„Zu schade, dass das Klettern hier so schwer ist, nicht wahr?"

„Bitte", flüsterte sie. Ein Knie aufgeschlagen, dass Make-up verlaufen. Erregt öffnete und schloss er die Hände.

„Ja?"

„Bitte, bitte lass mich Leben."

„Also wirklich. Du musst schon mehr an deinem Leben hängen. Die anderen gaben sich größere Mühe. Vielleicht brauchst du etwas Motivation."

Er konnte sich auf den Schlag verlassen. Er hatte ihn oft genug geübt.

Seine Faust traf ihren Kiefer.

4. Der Hund und das Mädchen

Selbst durch ihre Panik hindurch spürte sie, wie ihr Kiefer brach.

„Ich kann dich nicht hören!"

Seine Finger legten sich um ihre Kehle.

Sie brachte nur ein Wimmern hervor.

Er schlug ihren Kopf hart gegen die Wand. Etwas knackte. Sie sackte zusammen, ihn immer über sich.

„Bettle! Zeig mir dein Leben!", geiferte er. Der Griff zog sich weiter zu, schnürte ihr die Luft ab.

Sein Grinsen füllte ihre ganze Welt aus, seine Augen schienen ihr Leid zu fressen. Sie spürte, wie sie starb. Wie ihr die Luft entrann.

Und der Griff lockerte sich. Speichel tropfte auf ihr Gesicht.

„Du gibst schon auf? Willst du etwa nicht leben?"

Röchelnd rang sie nach Luft, versuchte, genug Atem für ein Flehen zu erlangen. Grinsend schlug er sie erneut, diesmal in den Bauch. Sie wollte schreien, brachte aber keinen Laut hervor. Ein Schlag in ihr Gesicht und neuer Schmerz im Kiefer.

„Ich bin gespannt, wie du aufgibst. Die Luft, oder der Schmerz."

Erneut würgte er sie, bis sie fast besinnungslos wurde. Ein Tritt, ein zweiter in die Seite.

Und wieder die Hände um ihren Hals.

Sie zerbrach.

Und erwachte. Ellen schrie und der Schmerz und ihr Leid fielen als Erinnerung ab.

Sie sah ihren Körper deutlich am Boden liegen, zerschunden und zerbrochen. Sie hob ihre Hände, farblos und seltsam fremd. Der Mann war fort, aber sie konnte ihn hören. Nicht nur das, sie spürte seine Gegenwart. Seine Präsenz strahlte um die Biegung der Gasse. Eine Autotür knallte. Sie schlich dem Ausgang der Gasse entgegen, doch als sie seine Schritte hörte, sein Nahen spürte, presste sie sich an die Wand, wissend, dass es kein Versteck sein würde.

Ein schwarzer Hund sah ihr interessiert zu.

Ihr Mörder schlenderte, einen Kanister schwingend zurück zu ihrem Körper. Ohne zu zögern schritt er an ihr vorbei und ließ mit keiner Regung erkennen, dass er sie sah.

Er stellte den Kanister ab, zog etwas aus seinem Mantel hervor und es blitzte. Ein Surren und dann ein weiteres Blitzen. Ellen sah, wie der Mann etwas in seinem Mantel verstaute, den Kanister öffnete und sie mit Benzin übergoss. Ein kurzes Aufflackern, ein fallendes Feuer, und ihr Körper brannte. Der Mörder ging einige Schritte zurück, legte etwas gut sichtbar in eine Ecke und schlenderte zu seinem Wagen.

Erst jetzt, als sie ihren verbrennenden Körper sah, begriff Ellen wirklich, dass sie tot war.

Sie sah auf die Asche, die verkohlten Gebeine ihres Lebens. Wut, Trauer und Verzweiflung durchdrangen sie.

Ich bin tot! Ich bin tot! Ich bin tot! Die Worte hallten immer wieder durch ihren Geist, drohten ihr den Verstand zu rauben.

TOT! TOT! TOT! Das Wort füllte sie zunehmend mehr aus, verdrängte die letzten Reste ihres Selbst.

„Hör auf damit", sagte eine Stimme. Immer noch dieses kleine, riesige Wort in ihrem Innern. Dahinter der lauernde Wahnsinn. „Lass es", durchdrang die Stimme wieder den stummen Schrei.

Ellen blickte um sich, entdeckte nur den Hund. Etwas an ihm erinnerte sie an einen Abgrund.

„Akzeptier deinen Tod. Sonst wirst du jede Wahl verlieren", sagte der Hund.

„Was?"

„Akzeptier deine Ermordung."

„Aber ich habe gelebt!"

„Und jetzt bist du tot."

„ERMORDET!", schrie Ellen. Wut, bodenlose Wut lag in ihrer Stimme.

„Deshalb schickt mich die Herrin."

„Wer?"

„Sie kümmert sich um Seelen wie dich."

Ellen sah den Hund mit großen Augen an.

„Um die Seelen von Opfern", erklärte der Hund geduldig. „Die Herrin kann ihre Existenz nicht mehr ertragen."

„Und ... und was ...“

„Du musst eine Wahl treffen.“

„Was für eine Wahl?“

„Du spürst noch immer Gefühle in dir. Sie erscheinen dir echt, aber es sind nur Echos.“

„Echos?“

„Ja, Echos die an einer Lawine zerren. Du musst dich nun entscheiden, welchen Gefühlen du folgst. Sie werden deinen letzten Weg bilden.“

Ellen sah den Hund lange an. „Was passiert, wenn ich eine Wahl getroffen habe?“

„Du wirst so handeln, wie es dein Gefühl verlangt.“

„Ich ... ich kann noch etwas in der Welt ausrichten?“

„Ja, durch mich. Dich würde es sehr viel Kraft, sehr viel Substanz kosten.“

Ellen sah sich in der Gasse um. Sie erblickte ihre verbrannten Gebeine. Daneben lag etwas Hervorblitzendes im Unrat. Sie erinnerte sich daran, dass ihr Mörder dort irgendetwas zurückgelassen hatte. Ellen trat darauf zu und erkannte ein Bild. Ihr zerschundener Körper erwiderte ihren neugierigen Blick. Trauer stieg in ihr auf, glasklar und doch seltsam fern, nur durch einen Hauch getrennt.

„Ich will hier raus. Aus dieser Gasse. Einfach hier weg.“

„Folg mir", sagte der Hund und setzte sich in Bewegung.

Sie gelangten schnell zu dem Ausgang. Erst jetzt bemerkte Ellen den kleinen Bogen, der sich zwischen den Häusern spannte. Alte eiserne Scharniere deuteten die Überreste eines Tores an.

„Ich möchte dir etwas zeigen", sagte der Hund. „Es ist direkt hier in der Nähe und könnte dir bei deiner Entscheidung helfen.“

Ellen zuckte mit den Schultern. Für sie spielte es keine Rolle, wohin sie ihr erster Weg als Geist führte.

In ihr tobten noch immer die Gefühle. Wenn der Hund also die Führung übernahm, sollte es ihr nur recht sein.

Er führte sie zu einem Gebäude, dem sie im Leben keine Aufmerksamkeit gewidmet hätte. In jedem schmutzigen Fenster fielen dieselben charakterlosen Vorhänge hinab.

Die breite, aus zwei Flügeln bestehende Tür lag ein Stück im Schatten verborgen. Vor ihnen schleppte sich eine Gestalt hindurch. Ellen wusste den Mann nicht besser zu bezeichnen. Vor vielen Jahren musste er jung gewesen sein, aber dies schien zu einem anderen Leben zu gehören. Seine Präsenz schimmerte klein und unbedeutend in der Nacht.

Der Hund nutzte den schmalen Schlitz und schlüpfte unbemerkt hinein. Ellen wollte es im gleich tun, doch der eine, bewegliche Flügel, schloss sich durch sie hindurch.

„Müh dich nicht. Es gibt keine Grenzen mehr für dich. Nur Pforten."

Etwas an dem Klang ließ Ellen aufhorchen, doch der Hund schlich weiter, ließ ihr keine Zeit dem Gefühl zu folgen.

Im dunklen Flur lagen weitere Gestalten. Allen gemein blieb die verschwindende, fast schon mutlose Präsenz. Es roch nach Urin und ... anderem. Irgendwo weinte jemand, ein Anderer schnarchte. Der Korridor zog sich endlos, getaucht in blau-schwarze Düsternis.

„Ist das ein Obdachlosenheim?", fragte Ellen.

„Mehr oder weniger", gab der Hund zur Antwort. „Es ist ein Heim, dessen Hüter es verwaisten. Nicht mit ihren Körpern, doch mit ihrer Seele."

„Wie meinst du das?"

„Sie verwalten nur noch, nehmen aber keinen Anteil mehr. Sie sahen die Schwachen und aus Angst, in ihre Schwäche zu zerbrechen, erkalteten sie."

„Das klingt grausam." Ellen spürte die sie umgebende Hoffnungslosigkeit, spürte, wie sie von ihrer Eigenen erwidert wurde. „Was ist in dem Licht dort vorne?"

„Der Sitz. Hier versammeln sich die Wachenden. Und ja, es ist grausam. Anders, als die Ungerechtigkeit, die dir zu Teil wurde, doch so sind die Menschen nun einmal zu den Schwachen. Sie fürchten und vernichten sie."

Einzelne Gestalten wanderten vor dem Fenster hin und her, klopften an die Scheiben. Dahinter, harsche Worte gefolgt von abfälligem Lachen.

„Ich ...", die Hoffnungslosigkeit bedrängte sie weiter. „Ich ... raus hier."

„Hier lang", forderte sie der Hund auf. Sie verließen den Hof aus Licht, kehrten zurück in das Halblicht der Korridore.

Endlich erreichten sie eine kleine Tür, dahinter eine Gasse. Sie roch etwas besser als das Heim.

„Ein ruhigen Ort", verlangte Ellen. Die nachhallenden Gefühle, die Erinnerung an die verblassenden Präsenzen, zerrten an ihr, drohten sich gegenseitig zu verstärken.

„Ganz in der Nähe", antworte der Hund und schlich los.

Die Straßen ein stummes Netz aus leblosem Licht. Ellen und der Hund als einzige Wanderer. Weit entfernt die Stimmen der Stadt.

„Wer ist die Herrin?"

„Eine Alte. Die zweite von den dreien dieser Stadt."

„Und sie hat dich geschickt?"

„Geschickt, erschaffen, gerufen. All das."

Ellen wollte weiter fragen, doch der Hund blieb neben einem dunklen Park stehen. Ein großes Eisentor versperrte ihnen den Weg.

„Hier lang", sagte der Hund und schlüpfte zwischen den Eisenstäben hindurch. Ellen, mit einem Zögern, schloss die Augen und folgte ihm durch das Eisen.

Nach wenigen Schritten erkannte sie, wo sie sich befand.

Schweigen hing zwischen den Grabsteinen. An einigen Stellen wirkte die Nacht tiefer, bewegten sich ruckhaft Schemen. Stimmen, Rufe aus großer Ferne und durch Mauern hindurch stiegen durch die Luft. Mit jedem Schritt erkannte Ellen mehr, vermochte sie zwischen Nacht und Schemen besser zu unterscheiden.

„Schenk ihnen keine Beachtung", wies sie der Hund an. „Sie leben davon."

Ein menschlicher Schemen wandt ihr einen Blick zu. Sie konnte nur ein Loch dort erkennen, wo das Gesicht sein musste. Eine Woge aus

Verzweiflung und Wahnsinn brach über Ellen herein. Sie fühlte sich aufgesogen und hinweggespült. Im Gesichtsloch flackerte es. Fäden bildeten sich, suchten einander und flochten schmatzend ein Gesicht. Ein Knurren, viel tiefer als es möglich sein sollte. Ein Aufstöhnen, als Ellen ihren Blick löste. Ein Heulen, mit dem die Fäden rissen.

„Komm! Schnell!"

Der Hund schnellte los. Ellen warf sich herum. Aus den Augenwinkeln erkannte sie mehr Schemen. Mehr Gesichtslöcher, die sich zu ihr drehten. Ellen kniff die Lieder zusammen. Verbannte die anderen aus ihrem Geist. Als sie die Augen wieder öffnete, konzentrierte sie sich auf die dahinfließende Gestalt des Hundes.

„Was sind sie?"

„Du. Sie sind wie du, nur dass sie keine Entscheidung trafen. In der Unentschlossenheit lauert der Wahnsinn. Nun können sie keine Wahl mehr treffen."

Ellen spürte hinter sich ein Toben. Angst vor dem Wahnsinn schlug Wurzeln in ihr. Der Hund sprang durch eine Pforte. Sie folgte blind. Und das Toben begehrte auf, schrie betrogen und brandete gegen die alten Holzflügel, brachte sie zum Zittern und Klappern.

Staubige Dunkelheit versprach Ruhe. Reihen von kalten Bänken beteten einen kleinen Altar an. An den Wänden Banner mit Schriftzügen: „Gegangen bist du aus unserer Mitte, doch nicht aus unseren Herzen.", las Ellen und: „Als Gott sah, dass der Weg zu lang wurde, der Hügel zu steil, das Atmen zu schwer, legte er seinen Arm um Dich und sprach: ‚Komm heim!'"

Weitere dieser Sprüche umgaben Ellen, doch keiner schien einen Klang im Raum oder in ihr auszulösen. Viel mehr wirkte es auf sie, als versuche jemand, der keinen Trost kannte, etwas davon zu spenden. Wie sollten Menschen hier Abschied nehmen? Ellen sah sich weiter im Raum um, erkannte jedoch nichts, dass ihr Hoffnung spendete. Bilder von Heiligen starrten durch kleine Fenster in die Leere herab. Das große Kreuz mit dem Gefolterten über allem thronend, Anteil fordernd aber nicht gebend.

„Ein geweihter Ort. Aber keiner, in dem mehr geglaubt wird", kommentierte der Hund.

„Finden hier Menschen Trost?"

„Das kann ich dir nicht sagen", gab der Hund zurück.

„Gibt es einen, von dem du das könntest?"

„Fast", sagte er und schlich in einen kleinen Durchgang, eine Treppe hinab.

Ellen folgte ihm und stieg in spärliche Dunkelheit. Gedrungene schmutzige Lampen warfen gelbe Inseln durch einen Gang. Ein kleine, offen stehende Pforte lud sie ein.

Dahinter ein Raum, kahler und schmächtiger als der in der Kapelle. Ein schlichter Altar mit Kerzen. Bänke aus altem Holz mit Staub bedeckt. Durch einen Durchgang, versperrt mit einem Gitter, drangen Efeu und Nachtluft.

„Dies ist die alte Kapelle. Lange vor dem Raum dort oben glaubten hier Menschen und einige wenige tun es noch. Doch die meisten haben diesen Tempel vergessen. Dies dort", der Hund deutete mit der Schnauze auf den Durchgang, „ist der alte Eingang. Längst gemieden." Der Hund sah sie forschend an. „Vergesst ihr immer eure Wurzeln?"

Ellen starrte zurück. Ihre Wurzeln ... sie wusste, dass ihre Großeltern ebenfalls Kinder gewesen waren. Es war ganz natürlich. So natürlich dass man es vergaß. Aber wer waren deren Großeltern? Wer würde sich an sie erinnern, wenn ihre Eltern starben? Angst, vergessen zu werden, breitete sich in ihr aus, hallte in ihr wieder.

Sie wandte sich schweigend ab und rannte durch das Gitter, immer dem Efeu nach. Hinter ihr das Traben des Hundes. Der Weg stieg an, fahles Nachtlicht lockte sie, zog sie weiter durch die Schatten.

Und als sie die Nacht über dem kleinen Hügel erreichte, weit weg von Schemen und altem Glauben, sah sie den Baum über der Stadt.

5. Hingabe und Verlangen

Lichtäste ragten in die Nacht. Schwarze Wurzeln hielten sie. In der Mitte des Baumes glomm ein Licht, fahl und grau. Der Baum trug keine Blätter, wuchs still und gewaltig über der Stadt auf.

„Was ist das?", fragte Ellen den Hund.

„Das Jenseits. Der Teil, der sichtbar ist und von der Stadt genährt wird."

„Das was?"

„Die Existenz, die du als Geist führst, ist nicht dein Ende. Erst dort oben erreichst du es. Wenn du eine Entscheidung triffst."

„Löse ich mich dann einfach auf? Oder steige ich als Licht in den Himmel?"

„Das hängt von deiner Entscheidung ab."

„Welchen Gefühlen ich mich hingebe?"

„Ja", gab der Hund zurück. Und dann, nach einer kurzen Pause: „Entweder das, oder du entscheidest dich für einen anderen Weg."

„Welcher andere Weg?"

„Den des Fährmannes."

„Was bedeutet das? Wie sieht diese Möglichkeit aus?"

„Das kann ich dir nicht sagen. Aber ich kann dich zu ihm bringen. Wenn du willst."

Ellen sah zu dem Baum. Etwas an ihm wirkte schwach, fast kränklich. Was hatte der Hund gesagt? Die Herrin ertrug die Opfer nicht mehr? Sie dachte an die Gestalten in dem Obdachlosenheim zurück. An die Schemen auf dem Friedhof hinter ihr. Wie viele Menschen hatte ihr Peiniger wohl schon getötet?

„Bring mich hin."

Sie stiegen einen Weg den Hügel hinab. Nur wenige Schritte durch eine nächtliche Wildnis und sie erreichten eine Straße. Ellen erkannte erst jetzt, in ihrem Tod, wie seltsam kultiviert das Dickicht um den Friedhof herum auf die Wege wucherte. Die Klänge der Stadt traten wieder in ihr Bewusstsein. Motoren, Stimmen, Schritte. Gedämpft und entfernt Musik.

Ellen spürte Eifer- und Sehnsucht, als die Erinnerungen an das Stadtfest zurückkehrten. Die Empfindungen sprangen hin und her, tanzten mit der fernen Musik und lockten verdeckt wachsenden Hass und Sorge hervor. Ob sich ihre Freunde schon sorgten? Ihre Eltern? Bestimmt! Der Gedanke spendete ihr Trost und Trauer.

Als würde der Hund es spüren, trat er durch eine Tür aus Eisengittern. Die Gasse verlief neben den belebten Hauptstraßen entlang.

Immer wieder erhaschte Ellen Blicke durch Lücken zwischen den Häusern. Sie erspähte größer werdende Mengen von lachenden, feiernden Menschen.

Es half nicht, Ellens Gefühle zu dämpfen. Stattdessen steigerte es ihre Zerrissenheit. Aufgewühlt verbat sie sich, weiter auf die Menschen zu achten.

Bald erreichten sie ein kleines Gebäude in einem der Hinterhöfe. Ein Wellblechdach wuchs etwas über die schmutzig grün gekachelte Fassade hinaus. Trübe Lampen erhellten den Vorhof, den verschiedenste Gestalten belauerten. Ellen gewann den Eindruck, dass diese ... Menschen sie sahen.

Der Hund drückte sich durch verglasten Schwingtüren. Kahles, entblößendes Licht fiel aus Neonröhren herab auf die unregelmäßigen Fliesen des Bodens. Verstaubte Metallregale verdeckten die wenigen Wände. Zwei Kühltruhen mit offenen Deckeln teilten den Raum. Etwas, das Ellen nicht erkannte, lag darin. Es erinnerte sie an Beutel.

Eine rauchige, kratzende Stimme durchwebte den Raum. Der Hund blieb stehen.

„... zweite Münze. Hast sie dir verdient, Ramon, das muss ich schon sagen." Ein keuchendes Lachen. „Dann mal rein mit dir. Grüß den Fluss."

Schritte, langsam und schleifend. Dann folgte Stille.

„Könnt eure Ärsche jetzt ran schwingen", sagte die Stimme.

Ellen folgte dem Ruf um eine Ecke. Neben einer Tür stand ein Tisch. Dahinter saß ein Mann im weißen Anzug. Eine Sonnenbrille mit runden, schwarz spiegelnden Gläsern bedeckte seine Augen. Die Haut ein durchfurchter und trockener Wüstenboden. Der Mann grinste sie an und entblößte ein erstaunlich strahlendes Lächeln.

„Na sie mal einer an. Ein kleiner Scheißer von der Herrin. Hast wohl Etwas auf der Straße gefunden und gibst ihm jetzt die Tour, was?", ein dreckiges Lachen. „Sie mich nicht so an, Kleine. Glaubst du, du bist hier, weil du, oder weil er es wollte?"

„Ich wollte, dass er mich herbringt."

„Ach, du wusstest von mir, ohne das er einen", der Mann verstellte die Stimme „‚Weg des Fährmanns' zufällig erwähnt hat?"

Ellen sah vom Mann zu dem Hund und wieder zurück. „Nein."

Der Mann lächelte voller Genugtuung. „Weißte, was er für einer ist? Das er wohl kein normaler Köter ist, sollte dein kleines Geisterhirn ja bereits verstanden haben."

„Ich weiß es nicht. Eine Art ... Schutzgeist?"

„PAHAHAHAHA!", platzte es aus ihrem Gegenüber aus. „Der kleine Ficker? Davon träumt er vielleicht. Das bleibt euch Fleischbeuteln vorbehalten. Ne Kleines. Er ist ein Dämon. Die Herrin beschwört sie, damit sie den Müll runter bringen."

„Er sagte, dass ich meine Wahl treffen muss. Dass er dafür sorgt, dass sie in dieser Welt umgesetzt wird."

„Tja, mit den Dämonen ist das so eine Sache. Sie lügen nicht. Lügen sind durchschaubar. Aber sie erzählen nicht alles. Sie manipulieren dich, lassen dich hören, was du hören willst, damit du in ihre Richtung gehst. Versteh mich nicht falsch. Ist für mich soweit in Ordnung. Ich hab eine Abmachung mit den Herrinnen, die nicht schlecht für mich läuft. Und auch mit der Wahl hat er dich wahrscheinlich nicht belogen. Irgendeine wirst du treffen. Aber denk mal dran, wo der Köter herkommt. Da will er auch wieder hin, mit ´ner leckeren Seele im Maul."

„Er will mich in die Hölle bringen?"

„In seine, um genau zusein. Will deinen Hass und deine Verzweiflung steigern, bis du ihm sagst, dass er deinen", er zog Luft durch die Nase ein, „deinen Mörder die Rache besorgst, die er verdient."

Ellen sah den Mann nachdenklich an. Dann fragte sie: „Und wenn ich keine Rache will? Wenn ich Vergebung wähle?"

„Dann wärst du eine ziemlich langweilige kleine Schlampe mehr im Himmel. Gratuliere."

Ellen dachte an den Baum, die Äste aus Licht und die Wurzeln aus Dunkelheit. Dazwischen das fahle Glimmen. „Das graue Licht im Baum", sagte Ellen vorsichtig, „das ist dein Weg."

„Man gebe ihr einen Keks! Das Mädchen kann denken."

„Wo führt er hin?"

Der Mann deutete über seine Schulter zu der Tür. „Über den Fluss. In das Nichts, das Himmel und Hölle zusammen hält."

„Und lass mich raten: Zwei Münzen sind der Preis für eine Überfahrt?"

Ein strahlendes Grinsen genügte ihr als Antwort. „Wie es der Zufall will", sagte der Mann, „bin ich Fährmann und Bankier in einem. Wenn du dir also deine Münzen in das wundervoll stille Nichts verdienen willst, musst du mir ihr Gewicht bringen."

„Was wiegt denn deine exklusive Währung?"

„Nicht viel, wenn man ihren Wert bedenkt. Eine verführte Seele für eine Münze."

Ellen sah in die spiegelnden schwarzen Gläser, dann zur Tür. Erst jetzt bemerkte Ellen, dass sie offen stand. Eine Dunkelheit verbarg den Raum dahinter. Gierig lauernd.

„Wie soll ich Menschen verführen? Und wozu?"

„Oh, du kannst mit ihren Gedanken spielen. Mit etwas Übung. Ein kleiner Mindfuck hier, etwas Besessenheit dort. Sei kreativ. Und modern. Mit einem Ehebruch musst du gar nicht erst wieder aufkreuzen."

„Ramon war kreativ?"

„Sehr sogar. Hat in einem Fünfzehnjährigen das Verlangen geweckt, mit Blut zu malen, ihm aber so eine feste Moral verpasst, dass er es nie tun wird. Bringt ihn glatt um den Verstand, wenn er abends neben seinen Eltern steht, während sie schlafen. Ritzt sich lieber selbst."

„Es geht dir also um Grausamkeit", bemerkte Ellen.

„Muss nicht, Kleine, aber sie ist interessanter. Wer will schon von der verrückten Katzenlady hören, die nur noch für die Rettung von Tieren lebt? Das juckt keinen, auch wenn es zählt."

„Das sind also die Wege: ich nehme Rache, ich vergebe oder ich verführe andere, nehme ihnen den Willen."

„Die Seele!", betonte der Fährmann ernst. „Wobei, ein Willen ohne Seele ist wohl nur noch ein Wollen. Es fehlt das Gefühl."

„Lass uns gehen", sagte Ellen zu dem Hund. Und zu dem Fährmann: „Vielleicht bis später."

„Bis später!", kam die rauchige Antwort.

Ellen trat in die freie Nacht hinaus und starrte in den Himmel. Drei Wege zeigten sich ihr in dem großen Baum. Sie horchte in sich hinein und entdeckte nur Wut. Kühlen, ruhigen Zorn.

„Weißt du, wo mein Mörder ist?", fragte sie den Dämon.

„Ja."

Und im selben Moment spürte sie es ebenfalls. Eine verdrehte Präsenz unweit von ihr.

Sie wandte sich um und schritt los.

„Ein Lügner", sagte sie zu dem Hund, ohne ihm im Laufen Beachtung zu schenken. „Bleibt ein Lügner. Selbst wenn er Wahrheiten sagt." Es klang sogar für sie nicht sonderlich durchdacht, aber es drückte ihren Gedankengang aus. „Du und der Fährmann. Ihr lügt beide durch die Worte, die ihr nicht sagt."

Der Hund schwieg.

„Aber es spielt keine Rolle. Ich bin nicht wie mein Mörder. Aber ich will Rache."

Sie verließen die Gassen. Menschenmengen überall, geführt von Musik.

„Weißt du", sagte sie zu dem schweigend hinter ihr herlaufendem Dämon, „ich habe vor kurzem ein Zitat gehört. Es ging darum, was einen echten Herrscher ausmacht." Sie überlegte kurz und zitierte dann: „Such Stärke. Der Rest wird folgen."

Ellen jagte durch die Menschen, schenkte ihnen genauso wenig Beachtung wie dem Moment, in dem sie sie durchdrang. Wut über die ihr genommenen Entscheidungen trieb sie an. Hass auf den Mörder, den Dämon und den Fährmann, die noch immer versuchten, ihr Handeln zu bestimmen.

Ihr Mörder bald erreichbar. Sie jagte durch eine schlafende Wohnung. Eine Katze schreckte hoch, schien sie zu sehen, legte die Ohren an und sprang unter einen Tisch. Der Hund, immer schneller laufend, glitt durch Ritzen und folgte ihr.

„Du bist auch nur als Diener geboren worden. Als Werkzeug! Du dienst nur meiner Entscheidung. Sag mir, Werkzeug, wie ist die Hölle?"

Der Hund zögerte, dann sagte er: „So schrecklich, wie ich es mir nur wünschen kann. Entblößend wird man auf die eigentliche Existenz reduziert. Auf das eigentliche Wesen."

„Hört sich nicht so schlimm an."

„Du hast es nicht erlebt. Im Himmel wird dein Wesen erst angenommen, wenn es von uns entblößt wurde, wenn du es geschafft hast, dich deinem Selbsthass zu stellen. Es gibt Menschen, welche die Hölle nie verlassen."

„Und du kannst erst mit meiner Seele, mit mir, dorthin zurück?"

„Ja."

„Leidest du? Ich meine, wenn du auf der Erde bist?"

„Leiden ist das falsche Wort. Ich ersehne das Ende herbei."

Ellen schwieg. Und entdeckte ihren Mörder. Sie spürte seinen Rausch, spürte die Spuren seines Mordes an ihr darin. Er tänzelte durch die Menge der Menschen, schenkte ihnen jedoch keine Beachtung. Für einen Moment sah er in ihre Richtung. Sie erinnerte sich an die Worte des Hundes. Sie konnte etwas in der Welt bewirken. Vielleicht sogar Gestalt gewinnen? Ellen konzentrierte sich auf ihr Wesen und versuchte, in der Welt zu erscheinen. Sie kämpfte sich durch einen unsichtbaren Widerstand. „Such Stärke!", hallten die Worte in ihr.

Und sie erschien.

Ihr Mörder sah sie. Er blinzelte. Ellens Blick traf ihn, von Anstrengung verzerrt und starr. Und sie verschwand.

Der Mann erbleichte. Der Rausch verflog. Er drehte sich um, blickte dann noch mal zurück. Langsam wandte er sich um und ging.

„Wir werden ihn jagen", beschloss Ellen. Sie überlegte kurz und fragte dann: „Du hast die Gestalt eines Hundes. Kannst du ein Rudel anführen?"

„Sie führen und rufen."

„Ich will, dass er gefressen wird", sagte Ellen und jedes Wort entsprach der Wahrheit. „Hetzt ihn und dann fresst ihn."

„Wie du wünschst."

„Wie ich Befehle!", stellte Ellen klar. Der Hund warf ihr einen Blick zu. Ein Feuer blitzte auf und erlosch, als es ihren stechenden Augen begegnete.

„Wie du befiehlst"; antwortete der Hund.

Er schlich dem Mann hinter her, holte ihn ein. Ellen begab sich an seine Seite.

Überrascht warf der Mann einen Blick auf den Dämon. Er wirkte nervös, aber auch erleichtert.

„Hübscher Bursche",sagte der Mann und beugte sich herab, um ihn zwischen den Ohren zu kraulen.

6. Die Beute

Das Fell des schwarzen Hundes fühlte sich beruhigend echt an. Der Mörder genoss die Berührung der verfilzten dichten Haare an den Fingern. Er liebte Hunde, kannte fast alle Rassen seit seiner Kindheit.

Der Hund warf ihm einen Blick zu. Für einen Moment glaubte er, ein waches Feuer darin zu erkennen. Der Augenblick verflog. Etwas anderes glänzte nun im Starren des Hundes.

Vorsichtig zog er die Hand zurück, wartete darauf, dass sich der Ausdruck in den Augen des Hundes änderte. Der Hund sah ihn durchdringend an.

Nicht ihn, wurde ihm klar, sondern das, was er für den Hund darstellte. Für einen Moment durchflutete ihn das Gefühl, sich in einem dunklen Wald zu befinden. Dämmerung kroch durch die viel zu eng stehenden Bäume. In dem wachsenden Zwielicht lauerten Augen, kalt und hungrig.

Er musste sich das einbilden.

Seit seinem kleinen Rausch, seinem Genuss in der Gasse, flog er. Flog höher, als es ihm jede Droge erlaubte. Doch dieser kurze Moment in der Menge ... er war sich sicher, dass er seine Beute erblickt hatte. Unmöglich, aber dennoch blieb ein seltsames Gefühl in ihm zurück. Als sei er ein kleines Stück weit aus der Welt entrückt.

Und noch immer sah der Hund ihn an.

Ein Pfeifen durchzog die Luft. Es verstummte und nach kurzer Stille explodierte eine Feuerwerksrakete. Eine Weitere und dann immer mehr und mehr.

Das Mitternachts Feuerwerk riss ihn aus dem Bann des Hundes.

Über ihm wuchsen glänzende Knospen und öffneten sich zu strahlenden Blüten. Dumpfe Paukenschläge dort oben am Himmel vor verblassenden Sternen.

Der Moment nahm ihn gefangen, tilgte alle plagenden Gedanken.

Eine Pause im Takt der Pyromantie ließ den Bann zerbrechen.

Er schüttelte den Kopf, rieb sich die Augen. Menschen standen überall auf den Plätzen und Straßen, starrten in den Himmel. Der Hund war verschwunden.

Unsicher ging der Mörder weiter. Seine Schritte fühlten sich fremd und müde an. Erst jetzt wurde ihm bewusst, wie lange er schon wach war. Es wurde Zeit, die Nacht zu beenden. Er drehte sich im Kreis, versuchte ein Gefühl dafür zu bekommen, wo er sich befand, wo sein Auto stand. Aus den Augenwinkeln sah er zwischen den Wald aus Beinen den Hund stehen. Er ließ den Blick zurückgleiten, doch von dem Tier fehlte jede Spur.

Schnell schritt er los.

Die Musik des Festes setzte wieder ein. Ein unkoordinierter Kanon in den Straßen. Menschen, die bezaubert jubelten. All dies zerrte an seiner Wahrnehmung, drohte, die Sinne zu überreizen.

Kein Mensch schenkte ihm Beachtung, als er den Platz verließ und dennoch spürte er Blicke.

Er bekämpfte das wachsende Prickeln in seinem Nacken. Kämpfte gegen die Faust, die seine Eingeweide zusammen krampfte, an.

Aber *er* war der Jäger!

Ein Knurren, in nächster Nähe. Er sah sich vorsichtig um. Eine braune Dogge saß auf der gegenüberliegenden Straßenseite. Sie beobachtete ihn aufmerksam. Es lag keine Feindseligkeit in ihrem Blick. Eher Interesse, so als ob sie etwas überlegte. Der schwarze Hund trat aus einem Schatten neben der Dogge, setzte sich zu ihr.

Der Mörder hastete schneller.

Hinter einer Gruppe Menschen, geschützt vor dem Starren der Hunde, trat er in eine Seitenstraße. Von hier aus konnte er seinen Wagen schnell erreichen. Er lief los.

Ein Klappern ließ ihn zusammenzucken. Drei Ratten stoben aus einem Haufen Müllbeutel heraus. Erleichtert atmete er auf, dann bemerkte er die Augen. Ein Terrier-Mischling steckte seine Schnauze aus dem Haufen heraus, sah ihn direkt an.

Ohne weiteres Zögern setzte der Mörder seinen Lauf fort. Er verließ die Seitenstraße wieder und erreichte den Schutz einer belebten Gasse voller Kneipen.

Nur noch ein kleines Stück. Kalter, stinkender Schweiß ran an seinem Körper hinab, als er das Ende der schmalen Straße erreichte.

Die Stimmen der Menschen blieben hinter ihm zurück, genauso wie das letzte Licht des Festes. Keine Hunde zu sehen oder zu hören.

Er war der Jäger. Daran hielt er sich fest, obwohl seine Eingeweide etwas anderes sagten. Nur in den Wagen, dann war er sicher.

Von weitem sah er die Silhouette seines Schutzes.

Er hastete los.

Wenige Meter vor seinem Ziel erspähte er eine Bewegung. Ein schlanker, hüfthoher Schatten trat vor seinem Auto aus der Lücke. Er hielt etwas im Maul, das wie ein Fetzen aussah. Eine weitere Gestalt stellte sich neben die erste.

In einem weiten Bogen kam der Mörder näher, warf einen Blick an den anderen Fahrzeugen der Reihe vorbei auf seines. Für einen kurzen Moment setzte sein Herz aus, als er die zerbissenen Reifen erkannte.

Die beiden Hunde beobachteten ihn aufmerksam. Ein Dobermann-Mischling der eine und ein Labrador-Schäferhund der andere. Unter dem Wagen glitt ein Drever heraus, die Reste eines Schlauches zwischen den Zähnen.

Der Jäger schluckte, und schlich dann langsam rückwärts, behielt die Hunde fest im Blick. Er musste Menschen erreichen. Leere, verwaiste Fenster in den Wohnhäusern um ihn herum.

Die Hunde rührten sich nicht.

Dann hörte er das Knurren hinter sich. Vorsichtig warf er einen Blick über die Schulter. Die Dogge und der Terrier, zusammen mit zwei Border-Collie Mischlingen versperrten ihm den Weg.

Er blieb stehen und drehte sich so, dass er alle Hunde zu seinen Seiten sah. Die drei Hunde bei seinem Wagen hatten ihre Kiefer befreit und schlichen gelassen auf ihn zu. Ein Collie kreiste um ihn herum und setzte sich vor ihm.

Ein dumpfes, hohles Poltern, und der schwarze Hund saß auf seinem Wagen. Keiner der Hunde würdigte ihn eines Blickes, aber die Ohren zuckten kurz.

Langsam setzte sich der Mörder in Bewegung, wich zwischen parkende Autos zurück. Furcht sprang in seinem Innern hin und her. Er bemühte sich, aufkeimende Panik zu unterdrücken, denn dann war er völlig wehrlos. Ihm wurde bewusst, dass es zu seiner Linken eine kleine Lücke gab.

Wenn er Menschen erreichte, war alles gut.

Und tief in sich fühlte er eine neue Art von Lust. Eine, die er erst später genießen würde, wenn er dies hier überstanden hatte. Die Lust, die er sonst nur bei seinen Opfern, verborgen in Hoffnung, fand. Sie selber zu erfahren, verlieh ihm neue Kraft.

Er warf sich herum und rannte los.

In wenigen Sätzen jagte er durch die Lücke in der Reihe der Hunde, verschwendete keinen Blick auf sie und stürzte weiter.

Die Angst verlieh seinen Sinnen eine neue Schärfe, doch er hörte keine Schritte, kein Bellen, kein Knurren.

Er hielt nicht an, um sich umzusehen, sondern fasste eine Kreuzung ins Auge. Aus ihrer Seite vernahm er Stimmen, sah Lichter. Noch wenige Schritte ...

Zwei schwarze fließende Gestalten jagten erschreckend schnell an ihm vorbei. In zwei Kreisen versperrten die Collies ihm den Weg, bleckten still die Zähne.

Schwere Schritte hinter ihm. Er schaffte es, einen Haken zu schlagen und der Biss der Doge verfehlte seine Ferse.

Er rannte nach rechts in die Kreuzung, weg von den rettenden Stimmen.

Kleine, schnelle Schritte hinter ihm und dann erklang das Bellen des Drever, viel zu nah!

Zwischen den Häuserreihen erkannte er eine Lücke. Vielleicht führte sie zu Hinterhöfen und rettenden Mauern. Ein Knurren, fast wie eine Warnung. Der Dobermann schnappte nach seinem Bein und bekam die Hose an der Wade zu packen. Mit einem Ruck riss er einen Fetzen heraus. Der Mörder stolperte, fing sich aber wieder und entging dem Biss des Schäferhundes.

Mit Tränen in den Augen warf er sich in die Gasse.

Sie lockte mit einer Enge, die seinen Häschern die Jagd erschwerte. Mit Glück behinderten sie sich gegenseitig. Hinter ihm wieder das Bellen des Drevers, nicht ganz so nah aber verräterisch.

Er passierte die Häuser und hielt gehetzt Ausschau nach Mauern. Glatte, verputzte Wände mit schimmelnden Plakaten erwiderten das Suchen.

Weiter!

Die Schritte erreichten ihn wieder. Er hörte hechelnden Atem an seinen Füßen. Einem Gefühl folgend duckte er sich. Der Schäferhund flog über ihm auf Halshöhe hinweg, landete vor ihm und versuchte sich herum zu werfen. Mit einem Satz sprang der Mörder über den Hund, geriet ins Straucheln und fing sich wieder.

Er beschleunigte seinen Schritt. Vor ihm tauchte Licht auf. Eine Lampe über einer Mauer. Dahinter musste die Straße sein. Die Gasse weitete sich plötzlich zu einem kleinen Hof. Vernagelte Türen überall. Nur vor ihm die Mauer, kaum größer als er.

Er sprang, doch er fand keinen Halt.

„Zu schade, dass das Klettern hier so schwer ist nicht wahr", glaubte er, seine eigene Stimme aus der Vergangenheit zu hören.

Er setzte zu einem zweiten Sprung an, doch der Terrier verbiss sich in seiner Wade.

Der Mörder schlug zu, doch der Dobermann war schon heran, packte mit seinem Kiefer den Arm und riss ihn herum.

Vorbei, dachte er, bevor ihm der Schmerz in Panik und Schock versetzte. Er versuchte, zuzuschlagen, doch nun zerrte auch der Schäferhund an seinem Bein. Etwas riss und er fühlte, wie ein Teil der Wade herausgerissen wurde. Dann die Finger der linken Hand. Die restlichen Hunde erreichten den Ort. Er sah sie gerade so durch den Schmerz. Die Dogge zerrte an seinem Arm, immer wieder, bis ein Brocken aus Fleisch und Knochen sich lösten. Doch kein Biss zur Kehle, keine Erlösung.

In dem letzten Moment, bevor er Verstand und Besinnung im Zerreißen verlor, sah er sie, seine Beute. Wie eine strahlende Herrscherin ragte sie in der Gasse auf. Der schwarze Hund neben ihr, ein treuer Diener.

Die Welt löste sich auf.

Etwas Kaltes griff nach seinem Verstand, weckte ihn. Das Etwas troff vor Rachsucht.

„Wieso kommt er zu sich?", Stimmen, irgendwo. Er öffnete die Augen. Enge um seinen Körper.

„Nach so kurzer Zeit. Da stimmt was nicht", wieder die Stimme. Etwas in seiner Nähe bewegte sich. Er sah nur verschwommen. Ein rotes Licht erstrahlte. Dann Schritte. Jemand in Weiß tauchte auf.

„Doktor, er kommt zu sich."

„Trotz des Sedativs?"

„Ich verstehe es auch nicht."

Die Gestalt beugte sich über ihn. Er wollte sie berühren, doch er spürte seine Hand nicht. Nicht einmal seinen Arm.

Er wollte sich aufstützen, mit den Beinen hochdrücken. Sie gehorchten ihm nicht. Da, wo sie sein sollten, war nur Schmerz.

„Holen sie ein weiteres Sedativum."

Erinnerungen brachen über ihn ein. An die Gasse, die Hunde und die Herrscherin. Der Drang, im selben Augenblick zu Lachen und zu Schreien quoll in seiner Kehle empor.

Ein fester Druck legte sich auf seine Schulter. Nur ein ferner Schmerz, darin ein kurzes Stechen und dann ...

7. Mutter

Doktor Pablo Brender sah auf den Rest Mensch herab. Bandagen bedeckten die Überreste der Gliedmaßen. Die OP hatte bis in die Morgenstunden gedauert. Dass der Mann aus der Narkose erwachte, war unmöglich.

„Habe gehört", sagte Schwester Marie Hauser und riss Pablo aus seinen Gedanken, „dass die Sanis sich nach ihm erkundet haben. Hat sie wohl sehr mitgenommen."

„Kein Wunder, so wie er zugerichtet ist."

„Nein. Also ja, auch. Lag daran, dass sie ihn kannten."

„Echt? Ist er ein Freund?"

„Nein. Eher so etwas wie ein guter Samariter. Hilft immer wieder Leuten. Hat erst heute dem Patienten auf Zimmer Vier das Leben gerettet. Hat Erste Hilfe geleistet und die Gaffer dirigiert."

„Scheiße", sagte Pablo und es kam von Herzen. „Erwischt immer die Falschen, oder?"

„Leider", stimmte Marie ihm zu. „Das hier haben sie in seinem Mantel gefunden." Sie zeigte Pablo ein Foto von einer jungen Frau. Es wirkte seltsam. „Ist bestimmt seine Freundin."

„Ist aber nicht die beste Aufnahme. Sieht aus, als wenn sie in eine Prügelei geraten wäre."

„Scheint ihm aber viel zu bedeuten. Sonst hätte er es ja nicht dabei." Marie dachte einen Moment nach und stellte dann das Foto neben das Bett. „Dann kann er sie wenigstens sehen, wenn er aufwacht."

Pablo nickte.

„Ich denke, ich werde dann mal direkt dem Herrn auf der Vier einen Besuch abstatten."

„Vor der Visite?"

„Ja. Er hat wohl um einen Arzt gebeten."

Marie zuckte mit den Schultern.

Pablo verließ das Zimmer, wandelte nachdenklich an den Räumen vorbei. Schwungvoll betrat er die Vier.

„Guten Morgen Herr Hallinger. Wie fühlen Sie sich?", fragte Pablo, während er dem Mann die Hand reichte.

Hartmut griff mit aller professionellen Kraft zu, die er aufbrachte.
„Etwas erschöpft, wenn ich das so sagen darf."
Der Arzt nickte ernst.
„Sagen Sie, in welchem Hospital befinde ich mich?"
„Wir sind hier im Epona - Krankenhaus." Forschend sah der Arzt ihn an. „Ist das von großer Bedeutung für sie?"
„Nicht im Theresa - Spital?"
„Die Notaufnahme des Theresas war überfüllt, als Sie ihren Infarkt erlitten. Die Sanitäter brachten Sie deshalb zu uns. Fast der gleiche Weg, nur in die andere Richtung."
„Am anderen Ende der Stadt." Die Nachricht traf Hartmut. Gleichzeitig spürte er Erleichterung. Er war raus, wenn er es genau bedachte. Seine Geschwister konnten unmöglich von ihm verlangen, dass er in diesem Zustand die Entscheidung traf. Natürlich nicht!
„Sie wollten einen Arzt sprechen, sagten mir die Schwestern."
„Ja ... ich. Sagen Sie, wie lange muss ich bleiben?"
„Nun, auch wenn Sie einen Infarkt hatten, scheinen Sie ihn ganz gut verkraftet zu haben. Ich würde Sie gerne noch eine Nacht hierbehalten und dann auf eine normale Station verlegen. Ich denke, in ein paar Tagen können wir Sie entlassen."
Pflicht und Verlangen stritten sich in Hartmut. Natürlich, er vermochte sich hier einige Tage Ruhe zu erkaufen. Ruhe, die er dringend benötigte. Das musste er sich ehrlich eingestehen. Und niemand konnte es ihm vorwerfen. Aber was geschah in dieser Zeit mit seiner Mutter? Was, wenn sie jetzt verstarb und er nicht an ihrer Seite wachte?
„Und wenn ich gehen wollen würde?"
Der Arzt schien einen Moment zu überlegen. „Ich würde Ihnen davon abraten. Aber ich kann Sie nicht davon abhalten. Vorausgesetzt, Sie unterschreiben uns natürlich, dass es auf eigenen Wunsch geschieht." Der Arzt hielt kurz inne und fragte dann: „Aber, wenn Sie erlauben, weshalb diese Eile? Es ist gerade einmal halbsieben am

Morgen. Die Visite findet in zwei Stunden statt, dann könnten wir diese Fragen auch klären."

„Ich habe eine wichtige ... Verpflichtung. Eine Entscheidung, die ich fällen muss."

„Ich empfehle Ihnen dringend, sich nicht mit beruflichen Belangen zu beschäftigen!", betonte der Arzt.

„Es ist wohl eher ein sehr persönliches Belangen", bekannte Hartmut. „Sie haben nicht zufällig mein Mobiltelefon verlegt?", fragte er, nicht ohne eine gewisse Hoffnung in der Stimme.

„Es ist in der Schublade dort. Ihr Bruder hat sich im Übrigen für elf Uhr angekündigt."

„Wie bitte?"

„Er wurde gestern natürlich benachrichtigt. Vor einer halben Stunde rief er an und informierte uns über sein Kommen."

„Oh. Danke." Hartmut blickte kurz durch das Fenster. Erstes Dämmerlicht kroch über den Rand der Welt. Eine Antwort bot es nicht. Der Arzt gefiel ihm. Vielleicht konnte er ihn um einen Rat bitten.

„Herr Doktor, noch eine Frage, wenn Sie gestatten. Nicht medizinisch, sondern persönlich ... wenn Sie so wollen."

„Über Ihre Entscheidung?"

Hartmut nickte.

„Ich kann mir Ihre Frage anhören, aber ich kann Ihnen keine Antwort garantieren."

„Natürlich. Es mag vielleicht helfen, wenn ich mit jemanden spreche, der nicht direkt involviert ist."

„Möglich", sagte der Mediziner neutral.

„Meine Mutter liegt im Theresa - Krankenhaus. Nicht im Sterben, aber lebend kann ich es auch nicht bezeichnen. Mir obliegt nun die Entscheidung, einen Weg zu wählen."

Der Arzt schien einen Moment zu überlegen, dann fragte er:

„Wie schätzen die Ärzte die Lage ein?"

„Hoffnungslos, obwohl sie betonen, schon Wundern beigewohnt zu haben."

Ein nachdenkliches Nicken. Dann eine weitere Frage des Arztes: „Was sagen Ihre Verwandten?"

„Sie verstecken sich hinter der Verfügung, die besagt, dass ich entscheiden soll. Und gleichzeitig drängen sie mich."

Der Arzt atmete tief durch, warf einen kurzen Blick durch das Fenster. Hartmut folgte ihm und fand zögerliche Morgenröte.

„Ich muss zugeben, ganz persönlich gesprochen, dass ich sie nicht um ihr Dilemma beneide. Und ich werde ihnen keinen Rat geben, welche Entscheidung Sie treffen müssen." Er wartete einen Moment. Vielleicht, um zu sehen, welche Wirkung seine Worte erzielten. Hartmut unterdrückte eine aufkeimende Enttäuschung und schalt sich gleichzeitig einen Narren. Wie hatte er nur annehmen können, von diesem Mann eine Erlösung zu erfahren? „Allerdings", fuhr der Arzt fort, „fragen Sie sich doch ein mal drei Dinge: Was macht Ihre Mutter aus? Was würden Sie für sich selber wollen? Und wen möchten Sie morgens im Spiegel sehen?"

Hartmut ließ die Worte in sich widerhallen.

„Und jetzt muss ich mich entschuldigen. Der Zirkus ruft." Er grinste aufmunternd, reichte Hartmut noch einmal die Hand und verließ das Zimmer.

Sonnenlicht kletterte durch das Fenster und griff behutsam nach dem Fuß Bettes.

Erinnerungen an seine Mutter stiegen in Hartmut auf. Ihr Lachen und Weinen. Ihre Ruhe und Aufregung. Sie war immer lebendig, dem Leben zugewandt.

Ihr jetziger Zustand verhöhnte all dies.

Würde er dies wollen? Für sich? Nach allem, was er in seinem Leben geleistet und erreicht hatte? Niemals!

Aber würde er sich selber ertragen, wenn er ihrem Leben ein Ende setzte? Wenn er es nicht tat?

Die ersten Strahlen erreichten und blendeten ihn. Ein neuer Tag begann.

Gedanken verloren starrte er in die aufsteigende Sonne. Wenn er es recht bedachte, so begann ein Tag doch eher kurz vor der Dämmerung. In diesem merkwürdigen Moment, in dem die Sonne noch nicht scheint, aber das Licht spürbar war.

Vielleicht verhielt es sich mit dem Leben ähnlich. Es musste nicht erst mit dem Tod des Körpers enden.

Vielleicht geschah es bereits vorher.

Er überlegte noch fast eine halbe Stunde, dann traf er eine Entscheidung.

Im Taxi atmete er durch.

Das Überzeugen der Ärzte hatte ihn Kraft gekostet, aber er war es gewohnt, sich durchzusetzen.

„In das Theresa – Krankenhaus. Bitte."

Die Fahrerin nickte und fuhr sanft aber zügig los.

Hartmut horchte in sich nach den verräterischen Symptomen einer Überanstrengung. Er fand nur leichte Erschöpfung. Im Gegenteil fühlte er unter der Müdigkeit Kraft.

Ohne die Straßen, Häuser und Menschen zu sehen, die er passierte, starrte er aus dem Fenster.

Er sah die Vergangenheit, Momente die er und nur er mit seiner Mutter teilte.

Dieser Tag auf dem kleinen See, der das Wasserschloss umgab. Sommerliche Hitze im fernen Gestern. Libellen, die ihm damals als Kind so nahe gewesen waren.

Ein Spaziergang im tiefen Schnee. Winterliche Stille unter dem grauen Himmel. Die Stiefel durchnässt und später prickelnde Wärme im heißen Bad.

Gemeinsames Schweigen, während sie in Bücher vertieft beisammen saßen. Der Duft von vergangenem Regen durch die offenen Fenster. Das Rascheln der Seiten im Tanz mit dem Trommeln später Tropfen.

Hartmut fragte sich, welche Momente seiner Mutter kostbar waren. Welche ihr blieben.

Die Entscheidung pochte hart in der Brust, belebte ihn und trieb Tränen über seine Wangen.

Er hoffte, dass seine Mutter ihre letzten Momente bei ihm verbrachte, vereint in schöner Erinnerung, während er ihr zu dem einen Schritt verhalf.

Das Taxi hielt auf eine Art, die Ankunft bedeutete. Hartmut erwachte aus der Vergangenheit. Er kramte bedeutungsloses Geld hervor und reichte es der Fahrerin.

8. Die Ironie im Angesicht der Dummheit

Die Tür schloss sich mit einem dumpfen Schlag. Der Mann stand einen Moment lang vor Hermines Taxi. Normalerweise nahm sie sich vor, sich nicht zu sehr um ihre Fahrgäste zu kümmern. Aber ein bleicher, alter Mann, der seine Tränen nicht einmal verbarg, rührte etwas in ihr an.

„Hey, Entschuldigung?", sagte sie durch die herunter fahrende Scheibe. „Ich, ach Mist, was sagt man? Ich wünsche ihnen, dass alles in Ordnung kommt. Wird schon irgendwie wieder."

Der Mann sah sie einen Moment verwundert an. Dann nickte er bitter lächelnd und hauchte ein heiseres „Danke." Dann wandte er sich ab und betrat mit schwerem Schritt das Krankenhaus.

Hermine sah ihm gedankenverloren nach.

„`tschuldigung, sind sie frei?", fragte eine junge Stimme. Das freundliche, aber müde Gesicht einer Frau schob sich in ihren Blick. Hermine zuckte zusammen.

„Ja, klar. Grade frei geworden."

„Klasse!", strahlte das Mädchen und schlüpfte auf dem Rücksitz. Ein junger Mann fläzte sich neben sie. „So nah wie es geht für zehn Mäuse bitte an die Birkenstraße." Das Mädchen drückte ihr den Schein in die Hand.

Valerie atmete befreit aus. Die Sache mit Henry, der Klopapierrolle und dem Huhn war wirklich etwas zuviel gewesen. Und erst das Gelächter des Urologen in der Notaufnahme. Wie auch immer: Es blieb Henrys Problem.

Sie warf einen Blick auf die Uhrzeit. Knappe Acht. Zeit für die Falle.

Das Taxi rollte langsam los. Valerie sah müde aus dem Fenster. Für einen Moment traf sich ihr Blick mit dem eines schwarzen Hundes. Er schien zu zwinkern. Dann war der Augenblick vorbei.

„Sag mal", murmelte Tom, „wie steht's mit den Keksen? Hast du da noch welche?"

Sie rollte mit den Augen. War klar, dass er den Finger in die Wunde legen musste.

„Zwerei", gestand sie der Welt leise und undeutlich.

„Bitte?", hakte Tom nach.

„Zwei oder drei", nörgelte Valerie.

„Hast du Henry eins gegeben?"

„Noch im Hühnerstall."

„Hat aber nicht so richtig deine Wünsche erfüllt, oder?"

„Egal. Es war dumm. Nicht spießig dumm, klar, aber dumm."

„Die Schwester hätte einen vertragen", ließ sich Tom vernehmen.

„Dachte ich auch, nach dem Kommentar über die Feder."

„Hast dich aber nicht getraut, oder?"

„Ne. Nicht bei Schwester Eva."

Sie teilten einen Moment schauderhafter Gedanken an Krankenschwester Eva.

„Die war schon eine Marke."

Valerie nickte. „Hab gehört, wie sie mit den anderen Schwestern übers FKK - Sonnen schwärmte."

Sie schüttelten sich beide und versuchten an weiße Pferde und grüne Wiesen zudenken. Schwester Eva saß nackt und braun gebrannt auf dem Rücken des Schimmels. Dabei lachte sie dreckig.

„Wem willste denn die letzte beiden Kekse geben?", versuchte Tom, den Film der Gedanken zurück zu der Haupthandlung ihres Vorhabens zu führen.

„Ich dachte an meine Eltern. So aus Prinzip."

Tom sah sie mit geröteten Augen und zurückgelegtem Kopf an. „Ist ja nicht sehr wissenschaftlich."

„Bin ja auch noch nicht bei dem richtigen Versuch", rechtfertigte Valerie sich.

„Hm", machte Tom gleichgültig.

„Außerdem", sagte Valerie, die sich an ihrer Ehre als allwissende Soziologiestudentin angegriffen fühlte, „muss man da auch noch mehr für Wissen, um das richtig beurteilen zu können."

„Natürlich", sagte Tom leidenschaftslos.

„Die richtigen Items für eine genau Bestimmung sind da sehr wichtig."

„Von mir aus."

„Und Objektivität! Da muss man auch dran denken."

„Bestimmt."

„Die Fragestellung. Gerade im Feldversuch."

„Selbstredend."

„Da gibt es ganz klare Vorgaben."

„Was auch sonst."

„Das kann man nicht so einfach von Außen beurteilen. Da muss man sich schon genau mit auskennen."

Valerie nickte zufrieden. Damit sollte die Diskussion beendet sein.

Sie sah hinaus in die erwachende Welt. Erstaunlich wenig Leute befanden sich auf der Straße. Es waren so wenige, dass sie bestimmt auch von Personen sprechen konnte. Die meisten wirkten müde. Entweder, weil sie früh aufstehen mussten, oder, genau wie sie, gar nicht erst den Schlaf bemüht hatten.

Ein lausiger Samstag, entschied Valerie. Es ärgerte sie immer noch, dass sie die letzten beiden Kekse nicht losgeworden waren. Es schien doch weniger Spießer auf der Welt zu geben, als ihr recht sein konnte. Wo versteckten sie sich nur?

„Es muss halt alles seine Ordnung haben, nicht war?", meldete sich die Taxifahrerin zu Wort.

„Wie bitte?"

„Na ja, so wie ich das verstehe, wollen sie eine Studie machen, oder?", fragte die Frau.

„Ja, ich hab da so eine Idee."

„Und da muss doch alles geregelt zu gehen, richtig? Wegen der Messbarkeit und Wiederholbarkeit. Auch wegen der Kontrollgruppe und so weiter."

Valerie blinzelte irritiert. Woher besaß die Fahrerin solches Wissen?

Lag das nicht über den Anforderungen ihres Berufsstandes?

„Schon", antwortete sie vorsichtig. Ihre Hand glitt in die Tasche, suchten die restlichen Kekse.

„Sehen sie? So geht's halt besser. Hat mich am Studium immer gestört."

„Ach?"

„Ja. Ich habe einen Abschluss in Sozialwissenschaften gemacht. War damit aber nie zufrieden."

„Und deshalb fahren sie Taxi?"

„Klar, ist viel angenehmer", sagte die Frau gut gelaunt. „Man lernt viele Menschen kennen. Viele Geschichten und so. Gut, manchmal ist es auch schwierig. Gerade die Betrunkenen sind so eine Sache. Aber, was soll's."

„Ist aber ein erstaunlicher Lebenswandel", bemerkte Valerie.

Tom schnarchte Zustimmung.

„Ja, aber ist so viel geregelter."

Das Taxameter sprang auf zehn. Die Frau fuhr an den Straßenrand.

„Tja, tut mir leid, aber näher geht es nicht."

„Schade."

„Ja, aber ich hab mir's abgewöhnt, Ausnahmen zu machen. Spricht sich leider rum."

„Und so hat es ja auch seine Richtigkeit", fügte Valerie hinzu.

Die Frau nickte munter. „Genau."

„Wollen sie einen Keks?", fragte Valerie freundlich.

„Klar, geht aber trotzdem nicht weiter."

„Ist schon in Ordnung", versicherte Cookie Girl.

„Dann mal einen guten Heimweg."

„Und ihnen eine gute Fahrt."

„Danke", sagte die Frau, hob den Keks zu Gruß und biss dann hinein.

Valerie stieß Tom an. Verwirrt sah er sich um.

„Ab hier geht es mit dem Fußexpress weiter."

„Nhm!", bestätigte Tom müde.

Sie schob ihr Anhängsel an, und als er in die richtige Richtung stolperte, ließ sie ihm etwas Freigang.

Die Einstellung, mit einem wissenschaftlichen Grad taxifahrend glücklich zu sein, erschien Valerie suspekt. Das konnte nur falsch sein. War man als Akademiker nicht zu Höherem verpflichtet? Die Welt durch einen Beitrag ein Stück, auch wenn es nur ein kleines war, weiter zu bringen?

Stattdessen in einem anspruchslosen Beruf festzuhängen, nur weil er geregelt war ... Das erschien Valerie wie der Gipfel der Spießigkeit.

„Wofür hast du ihr einen Keks gegeben?", wollte Tom wissen.

Valerie erklärte es ihm.

Er zuckte mit den Schultern und schlurfte gleichgültig weiter. Sie konnte von ihm natürlich nicht erwarten, die Ironie zu erkennen. Dafür fehlte ihm einfach etwas Auffassungsgabe. War ja nicht schlimm.

Sie gingen ein Stück weiter. Vögel in den Bäumen zwischen den Straßen zwitscherten, drohten jeden Moment zu explodieren. Die Sonne kroch gemütlich höher und überragte die ersten Häuser. Eine Kühle, die auf einen weiteren, sehr warmen Tag hindeutete, lag in der Luft.

„Also", begann Tom, „du hast ihr einen Cookie gegeben, weil sie dir recht gegeben hat?"

Valerie versuchte, die mentale Wendung zu verfolgen.

„Was?", sagte sie schließlich.

„Sie hat doch gesagt, dass alles seine Ordnung haben muss, oder"?

„Ja?", fragte sie vorsichtig.

„Und das hast du mir doch vorher auch gesagt, Cookie Girl, richtig?"

„Nun ..."

„Du hast es schöner verpackt, das ja. Aber du hast im Großen und Ganzen gesagt, dass alles seine Richtigkeit haben muss."

„Also ...", ihr gefiel nicht, in welche Richtung das führte.

„Wenn ich dich und deine Aktion hier richtig verstanden habe, dann gehört der letzte Keks dir."

„Äh ...", sagte Valerie geistreich. Ihr Anhängsel durfte zu solchen Gedanken gar nicht in der Lage sein, fand sie. Aber es ließ sich nicht leugnen. Sie sah einen letzten Ausweg. „Das ist die Metaebenen, verstehst du? Von einem übergeordneten Standpunkt aus betrachtet ..."

„Du hast ja recht", unterbrach ihr Freund sie, griff in ihre Tasche und reichte ihr den letzten Keks.

Verdattert starrte sie darauf.

„Meinst du, deine Mutter macht heute vielleicht Sauerkraut?", fragte Tom, während er weiter schlenderte.

„ ...", antwortete sie, den Blick magisch von dem Keks angezogen. Etwas stimmte hier nicht, aber sie konnte es nicht ergreifen.

„Wäre echt klasse. Ist wirklich das beste Sauerkraut der Stadt", führte Tom, nicht auf sie wartend weiter aus.

Es lag an der Uhrzeit, beschloss Valerie. Sie bis mechanisch in den Keks. Die Schokoladenstreusel hinterließen kleine Flecken an ihren Fingern.

Sie folgte Tom, noch immer leicht benommen, aber zunehmend an Sicherheit gewinnend. Bestimmt gab es eine ganz logische Erklärung.

„Weißt du", sagte Tom zu der Welt im Allgemeinen und zu Valerie im Speziellen, „ich werde dich ab jetzt immer Cookie Girl nennen."

Sie schloss zu ihm auf und wischte beiläufig ihre Hand an ihm ab.

„Aber nur wenn ich dich Kraut nennen darf"; versuchte sie, wieder Fahrt aufzunehmen.

„Von mir aus, Cookie Girl", sagte Tom munter.

„Dich nervt das nicht?"

„Nein, Cookie Girl."

„Mist!"

„Si, Cookie Girl."

Sie erreichten die Haustür und das Ende ihrer Ideen. Nach einem guten Schlaf war sie wieder oben auf. Ganz sicher.

Die Zeiten dazwischen

0. Vorwort zu den Zeiten dazwischen

Während des Verfassens von „Durch die Nacht" erstellte ich auch den ein oder anderen Hintergrund für die Geschichten. Allerdings erlaubte mir die selbst auferlegte Regel von ca. 5 Din A fünf Seiten nicht, diese in die Erzählungen mit einzubinden.

In Rahmen von Zusatzkapiteln jedoch, besteht die Möglichkeit.

Es handelt sich bei: „Die Zukunft in den Dingen", „Drachentöter" und „Das Junge Chaos" nicht um Geschichten, die erzählt werden müssten. Der Leser ist bei jeder der Handlungsstränge aus „Durch die Nacht" in der Lage, selber die Abschlüsse oder Hintergründe der Fabeln zu erdenken. Mitunter könnte das sogar als befriedigender empfunden werden.

Es bleibt jedoch in dem Willen des Lesers, seiner eigenen Fantasie, oder jener des Schreiberlings zu folgen.

Die Warnung und Wahl steht.

1. Die Zukunft in den Dingen

Vorwort

*Im Verlauf von „Sohn" und dem ersten Abschnitt von „Die Jagd",
werden vier Gegenstände benannt, die für Hartmut eine
außerordentliche Wichtigkeit besitzen. Für die eigentliche Lesung ist die
genaue Bedeutung dieser vier Dinge von keiner größeren Bedeutung.
Für die Lebensgeschichte Hartmuts jedoch umso mehr. Diese vier
Gegenstände beschreiben die wesentlichsten Aspekte von Hartmuts
Leben. Seine Liebe, seinen beruflichen Erfolg, seine Familie und seine
Mutter.*

*Die genaue Erklärung dieser Geschichten ist eigentlich unnötig.
Tatsächlich kann sie auch selber, durch den Kontext der Erzählung in
„Sohn", erdacht werden. Wie der Leser weiter verfahren möchte, bleibt
ihm selbst überlassen.*

*Die Unwissenheit mag die Fantasie schüren. Das Wissen das
Mitgefühl.*

Der alte Ring

In seinem 22. Lebensjahr, in der Spanne zwischen Frühling und
Sommer, traf Hartmut Aina, die Frau seines Lebens. In ihrem Blick fand
er einen Schalk, den er schon seit Kindheitstagen vermisste. Nicht in der
Zuwendung der eigenen Mutter, wohl aber in der des Vaters. Ainas
Lächeln durchbrach den Ernst von Hartmuts Jugend, noch bevor ihre
Stimme ihn verzauberte.

Er befand sich mit Paul, seinem Sandkastenfreund, im Biergarten
der Parktaverne, als Ainas Freundin Hermine sie keck fragte, ob noch

ein Platz neben ihnen frei sei. Natürlich warf sich Paul direkt in Pose, präsentierte mit hochgekrempelten Ärmeln seine starken Arme und Gelassenheit. Er bot den beiden jungen Damen nicht nur den Platz, sondern auch ein Getränk, roten Wein, bei den lieblichen Lippen nicht wahr?, und erntete damit ein helles Kichern. Erst dann erhaschte Hartmut einen Blick in Ainas Augen, ein klares Frühlingsblau mit Sternensprenklern darin. Vergessen die Ideen für das eigene Unternehmen, welche er mit Paul besprechen wollte. Nur noch die Augen, die Erinnerung an den Frühling darin und ihr sommerliches Lächeln.

Die Unterhaltung jedoch wollte nicht so recht beginnen. Nicht, weil es ihm an Worten fehlte, wohl aber weil sie sich nicht heraus trauten. Hartmut, genau wie Paul um keinen Spruch verlegen, faste nicht den Mut, Aina auch nur nach dem Namen zu fragen. Zu groß die Angst, er verschrecke sie.

Und so schwiegen sie gemeinsam, während Paul und Hermine lebhaft plauderten, Glas um Glas leerten und sich schließlich empfahlen. Sie ließen keinen Zweifel an ihren Absichten, zu stark brannte das gemeinsame Interesse an dem Anderen.

Paul traf an diesem Tag nicht die Frau seines Lebens. Und wenn doch, so schafften sie es nicht, sich zu halten. Hartmut fragte ihn später immer wieder nach Hermine und ein genussvoller Schmerz erschien dann in Pauls Lächeln. „Manchmal nährt ein Kuss ein Leben", sagte er dann stets und ergab sich in Schweigen. Hartmut bemerkte jedoch einmal im Haus des Freundes, Jahrzehnte später, Briefumschläge eindeutig von einer Frau beschriftet. Sie wirkten wie ein ertapptes Geheimnis. Er sprach Paul nie darauf an.

Die Zeit schritt voran und noch immer saßen Hartmut und Aina beisammen, in Stille vereint. Hartmut fürchtete das Ende dieser Gemeinschaft, sorgte sich, dass sie vielleicht in Peinlichkeit abgleite. Bevor er aber etwas Dummes unternehmen konnte, nur um irgendetwas zu tun, handelte Aina.

„Aina", sagte sie, nur für ihn. „Ein merkwürdiger Name, nicht wahr?"

„Immerhin besser als Hartmut", gab er zur Antwort.

Für einen Moment herrschte Spannung. Ein Augenblick, der in Peinlichkeit enden konnte, verstrich.

Sie platzten in gemeinsames Lachen heraus.

Er ließ sich zwei Monate Zeit, bis er Aina seiner Familie vorstellte. Seine Mutter zeigte sich hoch erfreut, dass er endlich Geschmack, aber auch Beständigkeit bei Frauen schätzen lernte. Sie empfing Aina wie eine verlorene Tochter, was seiner Schwester Michaela natürlich nicht schmeckte. Wilfried gab sich zwar freundlich und wechselte ein paar Worte mit Aina, verschwand jedoch so schnell es der Anstand gestattete wieder.

Sein Vater hingegen verlor während des gesamten Besuches kaum ein Wort, weder eines der Geringschätzung, noch des Wohlwollens. Seine Mimik blieb ein Rätsel und somit auch sein Empfinden. Erst nach dem Tod des alten Herren erfuhr er von seiner Mutter, dass ihr Mann tief beeindruckt von Aina gewesen war, es jedoch nicht über seinen Schatten schaffte, Hartmut dies auch zugestehen.

Aina indes meisterte das erste Treffen mit Bravour. Sie lachte mit ihm gemeinsam über die Allüren seiner Schwester und des Bruders. Sie diskutierten lange über das Schweigen des Vaters, jedoch ohne einen befriedigenden Schluss zu finden.

Für seine Mutter fand sie nur warme, herzliche Worte und betonte, wie glücklich er sich schätzen konnte, sie zu haben.

Das erste Zusammentreffen mit der Familie seiner Liebe verlief hingegen wesentlich fröhlicher. Ainas Bruder, die Art von Schlendrian und Schürzenjäger, die Hartmut insgeheim immer sein wollte, bewirtete sie ausgiebig mit Wein und Schnaps, aber auch mit Worten und Anekdoten. Hartmut fand in ihm den großen Bruder, den er sich immer wünschte und erhoffte sich nichts sehnlicher, als von diesem angenommen zu werden.

Ainas Mutter hingegen strahlte zwar durch Freundlichkeit, jedoch nicht durch Klarheit und Ruhe. Immer wieder sprang sie auf, um einen weiteren Gegenstand zu organisieren. Eine kleine Gabel, einen Löffel für den Zucker, ein Bild aus Ainas Kindheit, ach was das ganze Album!, oder eine Decke, es sei schließlich recht kalt für diese Jahreszeit.

Der Vater der Familie aber war nicht anzutreffen. Er müsse Arbeiten, wie so oft und vielleicht sogar über die Nacht hinweg eine Dienstreise bewältigen. Kein Mitglied der Familie quittierte dies mit mehr als einem regungslosen Lächeln, ein Umstand, den Hartmut bald wieder über eine weitere Zote des Bruders vergaß.

In all den Jahren traf er Ainas Vater wenig mehr als ein dutzend Mal. Ein freundlicher, aber verschlossener Mann, der seine förmliche Höflichkeit einem Schild gleich trug. Als er schließlich verstarb, wirkte Ainas Familie befreit und betroffen gleichermaßen. Die Mutter verlor einen Teil ihrer Unordnung und der Bruder einen Hauch seiner Deftigkeit. Aina hingegen weinte. Vor Trauer wie sie mehrfach bekräftigte. Doch Hartmut vermutete mehr, wagte aber nicht, danach zu suchen.

In seinem 23. Lebensjahr, unter fallenden Blättern, tauschten Aina und Hartmut Ringe. Die Feier bot wenig Luxus. Hartmuts Vater versuchte immer wieder, ihm Geld für ein größeres Fest aufzudrängen. Hartmut hingegen zog es vor, nur mit dem Geld seiner eigenen Hände zu bezahlen. Es berührte ihn nicht, was die Freunde seines Vaters oder dessen Geschäftspartner davon halten mochten, dass er nur mit einer Handvoll Freunde und der Familie feierte. Ihm und Aina genügte das Standesamt, solange es ihre Feier blieb.

Ein befreundeter Koch servierte ein Festmahl aus bescheidenen Mitteln, das jedoch durch seine Kunstfertigkeit großen Zuspruch fand. Ainas Cousine Karolin stellte die Trauzeugin und Paul stand Hartmut zur Seite. Der Freund hielt eine ergreifende Rede, bei der sogar Hartmuts Vater tief schluckte. Dann feierten sie bis tief in die Nacht, ließen jeden, der wollte und an dem kleinen Festraum im Park vorbeikam, an ihrer Freude teilhaben.

Nur wenige Momente in seinem späteren Leben vermittelten Hartmut je wieder die gleiche Leichtigkeit und das gleiche Glück wie jener Tag.

Er löste den Ring nie wieder von seinem Finger.

Kurz nach der Osterfeier in seinem 24. Lebensjahr wurde sein Sohn Bastian und seine Tochter Frieda geboren. Weder lag es in Hartmuts, noch in Ainas Plan, bereits Kindern das Leben zu schenken, noch dass es gleich Zwillinge waren. Die Überraschung minderte ihre Freude nicht. Im Gegenteil blühten Aina und Hartmut geradezu auf. Hartmut erkannte die Gelegenheit, jener Vater zu sein, nach dem er sich immer sehnte. Gemeinsam mit Aina beschloss er, trotz seiner Kinder sein Unternehmen zu gründen. Die Freude, die er bei dem Anblick seiner Kinder spürte, trug ihn durch die ersten schweren Jahre seines Geschäftes.

Aina selbst ging, sobald es möglich war, wieder ihren eigenen Interessen nach. Hartmut entlastete sie, so gut er konnte. Er kümmerte sich ein Jahr lang um die Zwillinge, während Aina durch eine beschwerliche Zeit ihres Studiums schritt. Noch lange bezeichnete er diese Zeit als eine der glücklichsten seines Lebens.

Als seine Kinder alt genug waren, nicht nur auf den eignen Füßen zu stehen, sondern auch mit ihren Händen ihre eignen Familien trugen, begannen Hartmut und Aina die Welt zu bereisen. Er hielt nur noch einen Posten im Aufsichtsrat seiner eigenen Firma und konnte den nötigen Einfluss aus der Ferne nehmen. So erkundete er mit seiner Liebe jeden Winkel der Welt, der ihnen unerreichbar erschien.

In all den Jahren strahlte Aina bei jeder neuen Entdeckung wie ein kleines Kind. Sie hielt jedes Abenteuer in einem Tagebuch fest und schrieb Briefe mit besonderen Ereignissen an ihre Familie und Freunde. Hartmut folgte ihr bereitwillig in jedes Land, in das ihre Reiselust Aina und ihn führte.

Bald kamen zu den Kratzern des Familienlebens, unzählige weitere Spuren auf den Ringen hinzu. Die Geständnisse ihrer Liebe vertieften sich immer mehr zu den Zeugen ihres Lebens.

Im 63. Jahr seines Lebens starb Aina.

Neben einem leeren Grab, als die Blumen zu blühen begannen, betteten sie Hartmuts Lebensliebe. Im Kreis seiner Kinder und Enkel trauerte er, wagte es jedoch nicht, ihr zu folgen. Zu sehr fühlte er sich seiner greisen Mutter verpflichtet.

Der Ring blieb als Versprechen an seinem Finger.

Der gravierte Stift

„Das soll also dein Unternehmen sein, Junge?"

Hartmut überhörte den missbilligenden Tonfall seines Vaters. „Zumindest der Anfang. Bis die Gewinne es ermöglichen, größere Räume zu beziehen."

„Ah ja." Die Abfälligkeit in den zwei Wörtern versetzten Hartmut einen Stich. „Mit der Unternehmensplanung, die du mir zeigtest, erscheint mir das mehr als ein Traum."

„Das sehe ich anders. Die Marktanalyse ..."

„Von Eierköpfen gemacht, die mehr Wert auf Statistiken legen, als auf ein gutes Bauchgefühl. Glaub mir, Junge, der Markt braucht dein Unternehmen nicht."

„Das wurde auch über den Personal Computer behauptet."

„Und ich brauche immer noch keinen."

„Erklär das mal deiner Sekretärin."

Hartmuts Vater schnaubte abfällig, wie so häufig, wenn er eine Diskussion verlor. Mürrisch stapfte er mit abfälligem Blick weiter.

Am nächsten Tag besuchte ihn seine Mutter.

„Herrje, Harry, was für wundervolle Räumlichkeiten!", schwärmte sie, dabei von einem Ohr bis zum anderen lächelnd. „Hast wirklich du die ausgesucht, oder hat dir Aina unter die Arme gegriffen?"

„Nun, ich habe eine kleine Vorauswahl getroffen, aber Aina hat letzten Endes die Entscheidung getroffen."

„Dachte ich es mir doch", stellte seine Mutter zufrieden fest. „Sie hat da einfach den besseren Blick für." Verträumt strich sie über die abgeschliffenen Holzrahmen der Fenster. Staub tanzte leicht im goldenen Abendlicht. „Ich kann mir schon richtig vorstellen, wie hier alles geschäftig lärmt." Seine Mutter sah ihn an. Ein freches Blitzen, das von den Lachfalten um Mund und Augen verstärkt wurde, huschte über ihr Gesicht. „Lass dich nur nicht unterkriegen, Sohnemann. Hörst du? Ich kann mir gut vorstellen, dass die Welt bereit für deine Idee ist. Aber du wirst dich durchsetzen müssen."

„Ja, natürlich, Mama."

„Oh, ich bin so stolz auf dich. Das du dich das wirklich traust!"

Und so schwärmte sie weiter, schwebte dabei durch die Räume. Hartmut beschloss, diesen Moment nie zu vergessen.

Im zweiten Jahr begann Hartmuts Unternehmen schwarze Zahlen in der dritten Quartalsabrechnung zu schreiben. Er kannte die Zahlen seines Geschäftes gut genug, um zu wissen, dass der Gewinn sich nicht in der Jahresbilanz widerspiegeln würde. Doch er genoss die Aussicht auf das dritte Jahr, das einen positiven Trend versprach.

„Frau Pellinger, kommen Sie bitte ein Mal in mein Büro?", er legte Wert auf einen strengen Unterton. Seine Sekretärin seit vier Jahren stolperte nicht in seinen Geschäftsraum. Schon im ersten Jahr hatte sie gelernt, ihre Nervosität zu verbergen, doch er erkannte ihre Art, unter Stress die Tür zu öffnen.

„Ja bitte, Herr Hallinger?"

„In den Geschäftsberichten dort, habe ich eine Unregelmäßigkeit entdeckt", er deutete auf einen Stapel Akten, welcher seine Sekretärin erst vor wenigen Minuten dort hingelegt hatte. Sie runzelte die Stirn, griff dann nach der obersten Akte und schlug sie auf. Hektisches Blättern begleitete ihre forschenden Augen.

„Ich kann nichts ..." Sie verstummte, schlug eine Hand vor den sich öffnenden Mund. Erst wisch alle Farbe aus ihrem Gesicht, dann kehrte sie mit neuer Röte zurück. „Herr Hallinger ..."

Er stand auf, trat an sie heran und öffnete freundlich die Arme. Sie fiel in seine Umarmung und dann drückten sie sich gegenseitig.

„Als meine liebe Aina und ich von Ihrem Glück erfuhren, ließen wir es uns nicht nehmen, Ihnen auf diese Weise unsere besten Wünsche und Hoffnungen auszudrücken. Wir hoffen, Sie und Ihr Gatte können die Geste gebrauchen."

Sie löste sich aus der Umarmung, bestaunte die Summe in dem Umschlag erneut, rang mit den Tränen und umarmte Hartmut erneut.

„Herr Hallinger", begann sie schließlich, als sie sich endgültig aus der Umarmung löste, „ich kann das unmöglich annehmen! Das ist viel zu viel!"

„Papperlapapp", wehrte Hartmut ab. „Das Geld stammt aus meinen eigenen Mitteln. Ich weiß, dass ich Ihnen nicht das Geld zahlen kann, dass Sie verdienen. Weder Ihnen noch manch anderen hier. Aber ich möchte es doch wenigstens ein wenig ausgleichen."

„Ich ... ich weiß nicht ... danke!", brachte sie hervor. Hartmut lächelte und nickte ihr zu.

Im vierten Jahr brachen überraschend die Absätze ein. Hartmut fand keine Erklärung, noch schien jeder andere in der Firma sich die Umsatzeinbußen erklären zu können. Sie verbrachten fast ein viertel Jahr mit der Suche nach den Fehlern, bis sie schließlich entdeckten, dass einer der Mitarbeiter Firmengeheimnisse an Konkurrenten verkaufte. Die Erkenntnis traf Hartmut besonders, da es sich um einen Wegbegleiter der ersten Stunden handelte.

An dem Tag, an dem Hartmut den Mann aus der Firma warf, starb in ihm ein Teil des Vertrauens in andere Menschen, das all die Jahre mit seinem Vater überlebt hatte.

„Verzeihen Sie, Herr Hallinger?"

Hartmut blickte von seinen Unterlagen auf. Ein verzwickter Kooperationsvertrag mit einem anderen Unternehmen, das vielleicht in einer Fusion enden könnte, forderte seine gesamte Aufmerksamkeit.

„Was ist denn, Terenbach?"

Der Angesprochene zuckte ein wenig unter der harschen Ansprache, faste aber sofort wieder Mut.

„Sie werden dringend in den Büroräumen benötigt, Herr Hallinger."

Hartmut schnaubte missbilligend. Seit sie vor einem Jahr größere Räume bezogen hatten, lagen die Büros der Mitarbeiter für seinen Geschmack zu weit von dem seinen entfernt. Andererseits verfügten sie nun über mehr Platz.

„Ich bin mir sicher, dass Frau Pellinger mich bestens vertreten kann."

„Sie hat ausdrücklich um Ihre Anwesenheit gebeten, Herr Direktor."

Hartmut seufzte. Seit er den ... Verräter, den Spion, mit sehr deutlichen Worten gefeuert hatte, nannte die Belegschaft ihn häufig Direktor. Er verspürte immer noch eine gewisse Unsicherheit, ob dies ein Kompliment sei.

„Nun, wenn das so ist", er erhob sich und folgte Terenbach. Der junge Mann arbeitete seit zwei Jahren für Hartmut. Stets adrett, immer respektvoll und selten um einen Spruch verlegen, eroberte er immer mehr das Herz Hartmuts.

Er folgte dem jungen Mann durch die langen Flure mit neutralem Filzteppich auf dem Boden. Ein wenig vermisste er seine alten Geschäftsräume. Die gute alte Zeit, dachte er mit einem Anflug von Nostalgie. Erst anfang des fünften Geschäftsjahres belebten sie nun die Räume, doch es erschien im länger.

Die versammelte, zu einem leichten Bogen bereitstehende Belegschaft riss ihn aus seinen Gedanken.

Theresa Pellinger stand der Gemeinschaft vor, ein kleines Paket und einen Brief in den Händen haltend. Mit offenem Mund starrte Hartmut sie an.

„Herr Hallinger, im Namen der gesamten Belegschaft möchte ich Ihnen das hier überreichen."

„...", brachte er hervor.

„Bitte, öffnen Sie doch zuerst den Brief."

Zu erstaunt, um sich gegen die Aufforderung zu wehren, folgte er ihr.

Er las die Zeilen. Er wischte sich über die Augen und las sie ein weiteres Mal.

„Seit wann ...", begann er, brach aber ab.

„Seit einer halben Stunde", antwortete Theresa mit sanftem Lächeln. „Wir dachten, wir nutzen die Gelegenheit, bevor Sie die Zahlen selber sehen."

„Und es ist sicher?"

„Völlig."

„Ich ... Sie sehen mich sprachlos."

„Dann öffnen sie doch das Paket", Theresa hielt ihm das Päckchen hin. Es war nicht groß, passte gerade so in seine beiden Hände. Er widerstand der kindlichen Versuchung es zu schütteln und öffnete es. Behutsam holte er den Kugelschreiber heraus. Er erkannte die Marke. Oft hatte er von jenem Stift gesprochen, jedoch hinderte ihn jedes Mal der Geiz an einem Kauf. Behutsam drehte er den Stift, betrachtete ihn von allen Seiten. Seine Augen fanden die Gravur. Klein, unscheinbar, aber von Meisterhand gearbeitet.

„Wir gratulieren Ihnen zu Ihrem ersten Gewinn von 100.000 im Quartal! Zählen Sie immer auf uns!", las er, halb laut, halb murmelnd. Und dann noch ein Mal, weil er es nicht glaubte.

Ganz sanft rann eine Träne über seine Wange. Alle Angestellten, die Neuen wie die Alten, applaudierten und traten dabei vor, gratulierten erst ihm und dann sich gegenseitig.

Das Foto

„Bastian, wo ist denn Florian?", rief Hartmut durch den Garten.

„Hier drüben, Papa. Er ... na toll. Hat jemand mal Tücher? Oder eine neue Hose?"

„Ich hab es noch gesagt!", ließ sich Frieda vernehmen.

„Sehr hilfreich, kleine Schwester. Als ich so alt war wie du ..."

„Haha!"

„Kinder, es reicht!", ging Aina dazwischen. „Hier sind Tücher und ... ach, vergesst es. Das bringt bei dem Kleinen jetzt auch nichts mehr. Passt nur auf, dass Nele nicht mitmacht!"

„Keine Sorge ich hab ... MIST!", Bastian saß neben seinem Sohn im Schlamm.

„Jetzt siehst du aus wie `rian Papa!", kicherte Nele.

„Ganz großartig", sagte Kerstin, Bastians Frau trocken. „Wollt ihr noch eine Packung Rindenmulch?"

„Helf mir lieber hoch!"

„Wobei, so als Frühlingszwiebel seht ihr auch ganz nett aus."

„Kannst ja mit ins Beet springen."

„Vielleicht später", räumte Kerstin verschmitzt ein.

„Seid ihr soweit?", wollte Hartmut wissen.

„JETZT?", fragte Bastian entsetzt.

Aina setzte sich neben ihren Sohn und hob ihren Enkel auf den Schoß. „Besser wird's nicht mehr", beschloss sie grinsend.

„Bitte recht freundlich!", befahl der Fotograf grinsend.

Ein halbes Jahr später wiederholten sie das Shooting. Sie brauchten etwas Offizielles, meinte Hartmut. Etwas für das Büro. Das erste, das echte Bild, wie er es nannte, trug er hingegen in seiner Brieftasche immer bei sich.

Das Rezept

Er saß neben seiner Mutter im Altersheim. So gut es die Richtlinien erlaubten, hatte Hartmut das Zimmer mit persönlichen Gegenständen gefüllt. Alte Bilder und Vasen aus ihrem Haus, Fotos von ihm, Aina und den Kindern und Enkeln. Irgendwo das von seinem Vater.

Seine Mutter lehnte in dem alten Ohrenbackensessel, die späte Abendsonne schien ihr direkt an das lächelnde Gesicht.

„Du solltest Hörbücher aufnehmen, Sohnemann", sagte sie verträumt.

„Das hört sich nur für dich so an, Mama. Die Kinder und Enkel verlangten immer nach Aina", wiegelte Hartmut ab.

„Natürlich. Sie ist ja auch die Mutter gewesen."

Kurz schwiegen sie. Dann legte Hartmut behutsam das Buch auf den Tisch.

„Was gefällt dir eigentlich so gut am Steppenwolf?", versuchte er das Gespräch fort von seiner verstorbenen Liebe zu tragen.

„Die Lebenslust. Und die Dummheit. Es ist so lächerlich, was dieser bittere Mann nicht sieht. Verwundert es dich nicht, dass es keine Komödie ist? Das Buch sollte jeden zum Lächeln bringen, der seine Sinnlosigkeit erkennt."

„Seh ich anders."

„Mhm?"

„Es ist zutiefst traurig, dass der Wolf nicht das Lebenswerte erkennt. Es ist so nah, so greifbar. Trotz seiner Bildung und seines Verstandes übersieht er das Glück."

„Ich würde sagen, du kannst den Trotz aus deinem Satz streichen. Dann passt es wieder."

Hartmut schwieg kurz. Dann erwiderte er: „Das wäre zu einfach. Er ist in der Lage, die Künste zu begreifen und zu genießen. So viel Freude, auf so vielen Wegen. Und er sieht nur das Biedere darin. Die Ernsthaftigkeit."

„Es ist halt nicht leicht, das Glück in der Trauer zu sehen."

„Was für ein Glück soll es da geben? Und um wen soll er denn trauern?"

„Du kannst nur trauern, wenn es Etwas zu vermissen gibt. Und wenn du Es vermisst, dann muss es wichtig für dein Leben gewesen sein. Es muss dein Leben bereichert haben. Willst du also um den Verlust trauern? Oder willst du dich über das Glück freuen, das dieses Etwas, oder jemand, für dein Leben bedeutet hat?"

„Und was bitte soll der alte Griesgram betrauern?"

„Wer weiß das schon? Es kann vieles geben. Eine verlorene Liebe. Eine Kindheit. Ein Schlitten. Aber lass uns nicht weiter streiten." Sie stand langsam auf und schritt zu der Kommode. „Du erinnerst dich an deine Bitte, Sohnemann?"

„Meine Bitte?", fragte Hartmut und versuchte, der Wendung des Themas zu folgen.

„Du wolltest, dass ich etwas für dich aufschreibe." Seine Mutter kramte in einer Schublade, fand ihre Brille und studierte dann einige Zettel. Schließlich fand sie den Gesuchten und kehrte zu Hartmut zurück.

„Was ist ..." Er studierte das Blatt, dann klärte sich seine Verwunderung.

„Das Rezept für den Bohneneintopf, den du immer liebtest. Ich hoffe, du entschuldigst mein schreckliches Sütterlin. Meine Hand ist nicht mehr so ruhig, wie sie einst war."

„Nein. Sie sieht immer noch wundervoll aus", beeilte sich Hartmut, zu versichern. „Danke. Das bedeutet mir viel."

„Nicht der Rede wert. Es hat mich gefreut. So bleibt etwas, wenn ich ..." Hartmuts Mutter brach ab. Das Unausgesprochene: „nicht mehr bin", stand im Raum und drohte, sie beide zu ersticken. Sie sinnierte kurz, dann brach sie die Stille. „Hast du im Übrigen etwas von Michaela oder Wilfried gehört? Ich habe sie schon eine ganze Weile nicht mehr gesprochen."

Hartmuts Gesicht erstarrte, als er neutral sagte: „Sie sind zuletzt etwas viel beschäftigt gewesen, fürchte ich. Aber ich kann sehen, ob sie sich etwas Zeit für einen Besuch bei dir nehmen können."

„Das ist sehr lieb von dir." Es klopfte an der Tür. „Das wird die Pflegerin sein. Es ist Zeit für das Abendessen."

„Natürlich, Mama. Und noch mal danke für das Rezept."

„Aber gerne doch, Sohnemann. Bis nächsten Mittwoch dann?"

„Bis nächsten Mittwoch."

Er schloss sie in die Arme und drückte sie zum Abschied.

2. Drachentöter

Vorwort

Die Geschichte des Mörders stellt in „Durch die Nacht" eine zweifache Übergangsphase dar.
Zum einen dringt sie in den bösartigen Teil der Erzählungen ein, in die Verwerflichkeit des Menschen.
Zum anderen schafft sie den Schritt hin zu dem Fantastischen, reißt die Erzählung aus der Normalität heraus. Diesen Zwischenton versuchte ich in „Dranchentöter" beizubehalten. Die Geschichte beschreibt, wie der Mörder zu seinen Handlungen kommt.
Ein echter Name wird ihm immer noch nicht zugestanden.

Foniás hockte auf dem Barhocker, starrte in seinen Drink und ließ die belanglose Popmusik vorüberrauschen. Ab und zu hob er den Blick, beobachtete die Barkeeper, eine ältere Frau mit gemachten Brüsten und einen fetten Mann mit zu kurzem Shirt, bei ihrer Arbeit. Es unterhielt ihn kurze Zeit, wie der Fette immer wieder an den Brüsten vorbei griff. Wie die Frau geschickt und nebensächlich im richtigen Moment auswich. Es wirkte halb eingespielt und halb ernst.

Dann wanderte sein Blick weiter, fand den Spiegel hinter Flaschen und dahinter den Raum der Bar. Die Schatten der Anwesenden tanzten im fahlen Schein der feuerfarbenen Lampen. Der leere Reigen hinter Foniás langweilte ihn, doch er redete sich ein, dass er ihn genoss. Er überredete sich halbherzig davon, dass er den Gin schätzte und noch bleiben wollte.

Foniás Blick suchte weiter. Suchte nach möglicher echter Gesellschaft. Für die Dauer eines Gespräches, für ein Leben oder alles dazwischen. Nur Paare, Freundeskreise oder Geschäftspartner bewohnten den Raum im Spiegel. Ernüchtert hob er das leere Glas in Richtung des Fetten, der wissend nickte.

Ein volles Glas wechselte mit seinem Leeren. Er hob es und prostete sich lässig zu.

„Das Gleiche, wie der Zombie hier", sagte eine rauchige, derbe Stimme. Ein Mann wuchtete sich neben Foniás auf den Hocker. Die Silikonbrüste brachten ein Glas, das der Fremde kurz hob. „Auf den milden Patches!" Leeres Glas klackte auf den Tresen. „Und auf was trinkst du, Zombie?"

Foniás starrte in das Spiegelbild des Fremden. Er konnte nicht behaupten, dass ihm die Visage des Mannes gefiel. „Mein Ding. Zieh Leine."

„Hab ich schon oft genug, Zombie. Deshalb bin ich ja hier. Nahaha." Das Lachen barg einen sonderbaren Klang. Als ob ein Witz im Raum stand, den nur der Fremde verstand. Es schnitt durch die Monotonie von Foniás Stimmung.

„Was meinst du damit?", fragte Foniás, den Mann im Spiegel betrachtend. Dahinter ein Schattenreigen. Silikon und Fett huschten vorbei, nur kurze Impressionen.

„Bin lange Leine gezogen. Hab's immer wieder getan. Jawohl, immer wieder, wenn mir so ne scheiß Hülle es gesagt hat. naha. Und jetzt sitz ich hier, Zombie. Frag mich, ob du auch so ein moderner Scheißhaufen bist, oder ob da noch was in dir drin ist, dass nicht stinkt."

„Bist ja sehr gesprächig."

„Hmhm. Hör ich oft, Scheißhaufen. Hnhnhn."

Foniás pendelte. Zwei Zukünfte gabelten sich. In der einen zahlte er seine Rechnung, ging schweigend zurück in seine Wohnhöhle und verbrachte jede Woche gleich für den Rest seines Lebens. In der anderen rief er einen Trinkspruch aus, stellte das Glas ab und schlug den Fremden in seine hässliche Fresse.

Sinnierend betrachtete Foniás den Gin.

„Auf das Leben der Schatten!" Er schlang den Drink hinunter. Das Glas knallte auf den Tisch. Der Fremde lachte dreckig. Foniás drehte sich herum und zum ersten Mal sah er den Typen. Ein langer schwarzer

Ledermantel bedeckte den grobschlächtigen Mann. Wilde schwarze Haare wucherten von seinem Kopf herab. Der Gin beschied, dass die irre glänzenden Augen des Penners einen Schlag wert waren.

Sein Herz pochte belebend in seiner Brust. Sein Bauch, seine Wangen und sein Kinn schmerzten. Er war völlig nüchtern. Die Welt erschien wunderbar klar und einfach. Foniás spuckte etwas Blut aus und sah zu dem Fremden herauf. Der Gestank von Müll um sie beide herum. Wann und wie waren sie in der Gosse gelandet?

„Ehrlich, Kleiner, dein Schlag könnte besser sein. Hat mich aber schon überrascht. Nahaha. Hab nicht an dich geglaubt."

„Ich kann dir gerne noch eine verpassen, Arschgesicht."

„Danke, aber ich dachte da an etwas Anderes. Naha. Und nenn mich Creighton", fügte der Mann hinzu.

Foniás richtete sich langsam auf. Das Adrenalin ebbte ab, ließ immer mehr Wirklichkeit in die Gasse einkehren. Die Realität stellte einen Umstand dar, den er unbedingt vermeiden wollte.

„Und an was denkst du?", er wusste selbst, dass die Frage abgedroschen war, aber sie bot sich an.

„Hab eine Aufgabe. Das ist wichtig, weißt du? Jeder braucht eine Aufgabe. Sonst brennst du aus. Dein Feuer zerfrisst dich, wenn es nichts Anderes findet und lässt nur noch die Hülle über. Und dass wollen wir doch nicht oder? nehehe."

„Danke, ich habe eine Aufgabe. Sogar jede Menge."

„Du verstehst es nicht. Das darf nicht irgendein Arbeitsscheiß sein. Nichts was dir jemand aufdrückt. Das muss ne Passion sein. Klar? Du musst es herbei sehnen, darfst an nichts anderes mehr denken. Dir muss dabei einer abgehen, hahaha."

Foniás überlegte kurz, ob er Creighton auf sein mangelndes Interesse an Sex hinweisen sollte, entschied sich dann aber dagegen. Der Typ war verrückt, ein Psychopath und faszinierte Foniás zutiefst. Er fand keinen Grund für Vertrauen.

„Und was ist deine ... Mission?"

„Ich töte Drachen."

„Und danach vögelst du die Jungfrau?"

Creighton grinste.

„Und woran erkennst du einen Drachen?"

„Komm mit."

Sie schweiften durch die nächtlichen Straßen. Foniás fragte sich was ihn an diesen Mann band. Vielleicht, dass alles andere unecht gegen ihn wirkte? Dass diese Begegnung das Spannendste in seinem Leben seit Jahren darstellte?

Er versuchte, sich abzulenken. Sein Gedächtnis bot ihm eine Gelegenheit.

„Wer ist der milde Patches?"

Creighton grinste und lachte wild. „Ein Betrüger. Ein Verführer. Er ist die Gier. Du machst dir keine Vorstellungen."

„Also ein Freund von dir?"

„Nahahahaha! Nein. Wenn ich ihn kriege, werd ich ihn umbringen", versicherte der Drachentöter plötzlich sehr ernst. „Aber er sorgt dafür, dass ich Drachen finde. Es bleibt unser Spiel."

Sie schritten schneller durch die wenigen Passanten. Foniás wollte fragen, welches Spiel, da erreichten sie das Ende der Nachtschwärmer. Vor ihnen, fast verschwunden in der Dunkelheit hinter den Straßenlampen, schwankte ein einzelner Mann.

Nüchtern und wach hätte Foniás ihn als stämmig bezeichnet. Doch die Müdigkeit, gepaart mit dem Rest des Alkohols und der Aufgedrehtheit der Situation, ließen ihn den Mann nur als Fettsack sehen. Er trug einen schlecht sitzenden grauen Anzug. Eine Aktentasche schlug immer wieder gegen sein Bein.

Bevor er verstand, was passierte, packte Creighton den Mann. Er zog ihn am Kragen in eine Seitengasse. Foniás hechtete hinter her. Sein Begleiter schlug den Mann gerade in das erschrockene Gesicht, als Foniás die Szene erreichte. Der Fettsack stolperte, fiel hin. Wimmernd versuchte er fortzukriechen. Creightons starrer, konzentrierter Blick folgte dem Mann, während er in seinen Mantel griff. Foniás erkannte einen schlanken Stiel. Eine geschwungene, schlanke Axtklinge, bis auf die Schneide geschwärzt. Unfähig etwas zu unternehmen, starrte Foniás auf die Szene. Nein, wenn er ehrlich war, wollte er nicht einschreiten. Seltsam, dass er die Axt während der Prügelei nicht bemerkt hatte.

Ein Tritt presste den Fettsack zu Boden. Creighton holte aus, schlug zu. Er traf den Arm. „JETZT! JETZT TÖTE ICH EINEN DRACHEN!"

Die Sonne schien durch die Fenster von Foniás Wohnung. Er kämpfte sich von dem Sofa auf, wankte durch das Zimmer. Kopfschmerzen begleiteten jeden Schritt. Das sanfte Frühlingslicht brannte sich in seinen Kopf.

Die Welt jenseits der Fenster schien völlig normal.

Creighton schlug erneut auf den Mann ein. Diesmal durchtrennte er den Arm. Noch immer schrie er.

Ein säuerlicher Geschmack, durchzogen mit bitterer Galle, lag in seinem Mund. Er sah an sich herab und stellte fest, dass er nicht mehr die Kleidung des Vortages trug. Er erinnerte sich vage an ein Feuer in einer Gasse, das die letzten Reste seiner Kleidung, seines alten Lebens verschlang.

Blut spritzte auf seine Kleidung. Das Opfer von Creighton konnte nicht einmal schreien. Ein Hieb hatte sich schon zwischen den Rippen hindurch in die Lunge gegraben. Nur ein heiseres Stöhnen und Blut entrang der Kehle.

Foniás wandt sich von dem Stadtpanorama ab. Er schleppte sich zu dem Herd, setzte sich eine kleine Kanne Espresso auf und wartete, den Kopf zwischen den Händen auf der Arbeitsplatte gestützt, auf das Zischen und Gluckern des Kaffes.

Der Mann am Boden warf Foniás einen flehenden Blick zu. Foniás konnte, wollte nicht eingreifen. Verschiedene Ausdrücke zuckten durch die Augen des Mannes. Schmerz, Verzweiflung, Hoffnung. Und dann blitzte Etwas auf.

Der Dampf des Espressos drang durch die Erinnerungen. Foniás erschien er irreal. Oder waren es die Erlebnisse der vergangenen Nacht? Fasziniert und apathisch beobachtete er sich selbst dabei, wie er den

Kaffee in einen Becher füllte. Er nippte prüfend und verbrannte sich den Gaumen.

Foniás konnte es sehen. Das Leben des Mannes spiegelte sich im Blick des Mannes wieder. Foniás sog diesen Augenblick auf, hielt ihn und verleibte ihn sich ein. Die Axt spaltete den Schädel. Blut, Hirn und andere Flüssigkeiten spritzten und quollen heraus. Foniás sah es nicht, sah nur den kostbaren Moment des Lebens zerbrechen.

Der Becher brannte sich in seine Finger. Er hieß den Schmerz willkommen, der einen festen Anker in der Realität bot. Foniás fragte sich, ob er das wirklich wollte. Eine kleine Stimme in ihm begann zu flüstern. Zu fordern. Vielleicht konnte er den Anker tiefer versenken, die Stimme so zum Schweigen bringen.

Creighton warf die verschwitzten Haare zurück. Sein Gesicht war eine starre Maske aus einem irren Grinsen, Blut und bohrenden Augen.

„Wie sieht's aus, Zombie? Erfrischend, was? Nahahaha."

Foniás benötigte einen Augenblick, bevor er sich von dem Anblick des Zerstückelten löste. „War es was Persönliches?"

„Könnte man sagen, hah! Habe ja schließlich eine Mission. Die können nur persönlich sein. Alles andere sind nur Aufträge."

„Und wieso war er ein Drache?"

„Oh, weißt du, Drachen sind etwas Besonderes. Sie sind mächtig. Haben Kraft, einen wachen Verstand und können Großes vollbringen", erklärte Creighton. *„Wenn sie ungehindert durch die Welt wandern, ziehen sie Kreise. Manchmal haben sie sogar große Herzen."*

„Und all das traf auf ihn zu?"

„Auf den? Nahaha. Nie. Er war nur ein Ersatz für Patches." *Creightons Grinsen wuchs. Foniás fürchtete sich. Nicht vor der Gewalttätigkeit, sondern vor der Antwort, die er spürte. „Der da war nur die Jungfrau, die ich für den Drachen geopfert habe. Du! Du bist der Drache."*

Der Kaffee schmeckte schal. Die Welt war farblos und trist. Aber, so erkannte er, sie war es nicht erst seit der Nacht. Sie war es schon immer. Nur endlich konnte er es erkennen. Foniás erinnerte sich an diesen Augenblick. Sehnsucht erwachte. Erregung als er sich der Erkenntnis stellte: Er wollte mehr Lebensmomente zerbrechen.

Doch dafür müsste er jemanden sterben sehen.

Zuerst suchte er in Videos die Befriedigung seiner Sehnsucht. Er wühlte sich immer tiefer in die weiten des Webs in der Hoffnung, es würde reichen. Die ganze Zeit über war ihm bewusst, dass er sich selbst belog. Dass ihn die Snuff- und Exekutionsfilme nicht das geben konnten, was er begehrte. Schließlich gab er es auf.

Er fasste einen Entschluss, der ihn in eine Stadt, zwei Stunden von seiner Heimat entfernt, führte. Auf dem Weg dorthin kaufte er in bar ein billiges, aber scharfes Messer. Er schlenderte durch die Parks, bis die Nacht hereinbrach und hielt Ausschau. Versuchte herauszufinden, wer sterben konnte, wessen Leben einen Wert besaß und wer für die Welt keine Bedeutung besaß.

Erst dachte er an die Alten, an ihr reichhaltiges Leben und an den kurzen Weg, der ihnen noch bevorstand. Doch konnte er so eine Erfahrung einfach der Welt stehlen?

Dann dachte er an die Jungen. An all die falschen Entscheidungen, die sie noch in ihrem Leben treffen mochten.

Doch was war mit all den Guten, jenen, welche die Welt veränderten?

Vielleicht konnte er die wählen, die in der Mitte lagen, die bereits vieles erreicht, aber noch genauso vieles vor sich sahen.

Doch konnte er ihre Familien zerstört zurücklassen?

So verbrachte er den Tag, lange sinnierend, ohne eine klare Entscheidung, eine Lösung zu finden, außer der, dass jedes Leben einen Wert besaß.

Gerade als es fast Mitternacht war, offenbarte sich ihm sein erster Moment.

Ein junger Mann, vielleicht 23 setzte sich neben ihn.

„Ist doch okay, oder?", fragte der Moment ihn.

„Ja, klar", brachte er hervor, um Normalität bemüht.

„War ein scheiß langer Tag und ich will nur mal eben durchatmen."

„Lass dir Zeit", sagte er und beobachtete den Mann ganz genau. Er wirkte fertig. Abgekämpft. Unter seinen Augen lagen tiefe Ringe und Fettflecken zeugten von einem Tag in der Küche.

„Ich sag's dir", sagte der Mann, als würde er mit einem alten Freund reden. „Lass die Finger von Küchen. Macht dich glatt kaputt."

„So schlimm, wie man es immer hört?", fragte er den Mann und tastete nach dem Messer.

„Fuck ja!"

„Machst du das auf Dauer oder ..."

„Ne! Garantiert nicht! Will noch älter als dreißig werden!", der Mann schloss die Augen und lehnte sich zurück.

Die Hand um den Griff des Messers geschlungen, sah er sich im Park um, entdeckte niemanden. Er spürte seine verschwitzten Hände. Sein Herz pochte bis in den Hals. Langsam, um den Mann nicht aufzuschrecken, zog er die Klinge hervor.

„Scheiße, was solls. Danke, für ..."

Der Mann starrte mit überraschtem Ausdruck auf die Klinge in seiner Brust. Der junge Koch wollte etwas sagen, doch er zog ihm das Messer aus der Brust und stieß es erneut zu, den Blick starr auf die Augen des Mannes gerichtet. Der Moment musste kommen. Ein weiterer Stoß mit dem Messer, hastig in das Bein. Der Mann wollte aufstehen, sich wehren. Viel zu spät. Noch immer nicht der Glanz in den Augen des Mannes.

Wieder stach er zu.

Nichts.

Wieder!

Nichts!

Der Widerstand des Mannes starb. Die Arme hingen nur noch schlaff herab. Die Augen suchten zuckend erfolglos nach Hilfe.

Und da, endlich, der Lebensmoment.

Er floh.

Der Rausch dauerte fast drei Tage. Er war überwältigend, aber ein kleiner Makel nagte an ihm, nahm der Ekstase den Glanz. Der Akt selbst blieb ein Opfer seiner Hast. Er musste einen Weg finden, das erlöschende Leben zu genießen, es mit seinen Händen hinüber geleiten. Vielleicht eine Jagd? Oder ein Roulette?

Er überlegte mehrere Tage, ohne eine Antwort zu finden. Schließlich gelangte er zu dem Schluss, dass er es nur mit einem Versuch herausfinden konnte.

Doch sein Gewissen hinderte ihn. Es überraschte ihn, dass es sich nicht um den Tod des Mannes scherte. Es verurteilte ihn nicht dafür, dass er einen Menschen getötet, sondern dafür, dass er der Welt einen Wert geklaut hatte.

Nur, was konnte er machen, dass diesen Wert der Welt zurück schenkte?

Er schwor sich, dass er seiner Sucht erst nach geben würde, wenn er die Antwort kannte.

Nach zwei Monaten war er Zeuge von einem Unfall. Ein Kind wurde von einem Wagen angefahren. Ohne zu überlegen half er. Er versorgte das Kind, beruhigte die Fahrerin und rief einen Krankenwagen.

Ein Rausch setzte ein, kurz nachdem alles vorüber war. Er fühlte sich, als hätte er fast einen Lebensmoment berührt. Es fühlte sich fast genauso gut an. Der Rausch verflog schneller und noch Monate zuvor hätte er sich das erste Mal richtig lebendig gefühlt. Doch Creighton hatte ihm echte Lebendigkeit gezeigt.

Eine neue Erkenntnis keimte in ihm. Er konnte den Wert eines Lebens zurückzahlen. Ein Leben gegen ein anderes mochte nicht reichen, würde zu wenig sein, aber er würde die richtige Menge herausfinden.

Wochen später, in einer anderen Stadt. Diesmal mit einem Seil bewaffnet schlich er durch die nächtlichen Straßen. Mit Absicht bewegte er sich in heruntergekommenen Vierteln, doch hier waren die Menschen aufmerksamer, beäugten ihn kritisch, hielten einen weiten Abstand. Unmöglich, hier einen Lebensmoment zu finden.

Er schloss mit dem Gedanken ab, Befriedigung für seine Lust zu erlangen, da erklang eine Stimme fast nah zu ihm.

„Hey, entschuldige bitte. Aber ... ich finde mich hier nicht so richtig zurecht." Er setzte automatisch ein freundliches Lächeln auf, wandte sich der hellen, jungen Stimme zu. Eine Frau von vielleicht zwanzig Jahren stand vor ihm. Sie trug einen unauffälligen Mantel, doch darunter blitzte der Saum von versprechender roter Kleidung auf. „Hier in der Nähe soll eine Party sein, aber ich finde nicht wirklich hin. Und ... du siehst ... na ja, vernünftig aus. Und da dachte ich ..."

„Das ich dich vielleicht hinbringen kann?"

„Genau.", sie lächelte unsicher aber hoffnungsvoll.

Erregung erfasste ihn. Ein verheißungsvolles Blitzen in ihren Augen. Da war der Moment. Und sie kam zu ihm, vertraute sich ihm an.

„Klar, mach ich doch gerne."

„Klasse!" Sie lächelte erleichtert.

Er bot ihr den Arm an und sie hakte sich ein.

Bald begannen sie sich angeregt zu unterhalten, während er sie heimlich, aber nicht zu offensichtlich, tiefer in das Viertel lotste.

Als er sich sicher war, dass sie niemand beobachtete, stieß er sie in den Spalt zwischen zwei Häusern. Sie stieß einen erschrockenen Schrei aus. Sofort war er bei ihr, versetzte ihr einen Schlag gegen die Wange, beobachtete wie sie stürzte. Er zog das Seil aus der Tasche und labte sich an ihrem ängstlichen, verständnislosen Blick.

Sie sagte etwas, aber er hörte sie nicht. Stattdessen schlug er sie erneut, setzte sich auf ihre Brust und schlang das Seil um ihren Hals, zog es zusammen. Panisch versuchte sie, gleichzeitig sein Gesicht zu zerkratzen und das Seil zu lösen. Für einen kurzen Moment lockerte er den Griff gerade genug, um ihr gegen die Schläfe zu schlagen. Dann würgte er sie weiter.

Er beobachtete ihre hervorquellenden Augen, ihren ersterbenden Widerstand und wartete auf den Moment. Aber etwas fehlte.

Das Seil! Es störte und war zu unpersönlich. Er löste es von ihrem Hals, Hoffnung kehrten in ihren Blick zurück. Wundervoll! Sie glaubte, er würde sie doch noch verschonen. Geifer troff aus seinem Mund, als er seine Hände um ihren Hals schloss, zudrückte und die aufkeimende Verzweiflung fraß.

Immer wieder ließ er ihr etwas Luft, lauerte auf den Funken der Hoffnung, auf den Moment ihres Lebens. Der Augenblick kam.

Es verharrte noch mehrere Momente auf der Frau, bevor er sich von ihr löste. Mit Mühe unterdrückte er den aufkeimenden Rausch, versuchte, einen klaren Kopf zu behalten. Er musste die Leiche verstecken. Noch besser, sie vernichten! Um ihn herum lagen nur Müllsäcke vor überfüllten Containern.

Dann eben so.

Nach einer halben Stunde Arbeit verließ er die Gasse wieder. Er wandelte halbtrunken von dem Rausch zurück zu seinem Wagen und verließ die Stadt.

Diesmal hielt der Rausch länger an, fast eine Woche. Doch wieder plagte ihn sein Gewissen. Er beschloss, es diesmal richtig zu beruhigen. Lange dachte er über die Wege nach, die er dafür gehen musste.

Wie konnte er Gutes tun und dann wieder jagen? Er brauchte mehr Zeit. Doch er brauchte auch Geld. Er musste mehr verdienen und weniger Arbeiten. Auf lange Sicht gesehen. Also begann er, sich stärker zu engagieren, doch bald stieß er in seiner Firma auf finanzielle Grenzen. Da entdeckte er ein verlockendes Angebot.

Eine Woche später saß er in einer neuen Firma vor dem Chef der Personalabteilung.

„Guten Tag, Patrick Chesling mein Name. Wie ich Ihren Unterlagen entnehme, suchen Sie eine neue Anstellung?"

„Das ist richtig."

Ein prüfender Blick in die Unterlagen. Das Licht der Mittagssonne spiegelte sich auf der Glatze des hageren Mannes.

„Hmhm. Sie haben sehr gute Referenzen. Wie kommt es, dass Sie bei uns arbeiten wollen?"

„Ich sah mich in meinem Betrieb zu sehr eingeschränkt und versuche nun, neue Perspektiven zu gewinnen."

„Und Geld natürlich, nicht wahr?"

„Selbstredend."

Ein kurzes Lächeln auf dem Gesicht des Mannes. Es wirkte fast triumphierend.

„Dann skizzieren Sie mir doch bitte einmal, wer Sie sind und was Sie antreibt."

Er begann zu erzählen, wickelte die Routinefragen ab, als wären sie etwas Besonders. Im Blick des Personalers erkannte er, dass er bereits gewonnen hatte.

Nach zwei Monaten war er so wertvoll für die Firma, dass er bei gleichem Gehalt die Arbeitszeit reduzieren konnte. Seine Probezeit wurde als bestanden abgenickt.

So fand er endlich Zeit, Leben zu retten.

Er belegte erste Hilfe Kurse, engagierte sich in karikativen Einrichtungen und suchte nach *dem einen* Weg.

Ein Jahr, nachdem er die Unbekannte erwürgt hatte, war sein Gewissen endlich wieder so weit, dass er einen weiteren Lustmord begehen konnte.

Vorbereitet begann er mit der Suche, mit der Jagd.

Er grinste.

Die Welt war wundervoll.

3. Das junge Chaos

Vorwort

Wie geht das Leben einer Toten weiter, wenn sie ihre Ziele erreicht hat?

Anders als „Die Zukunft in den Dingen" und „Drachentöter" ist „Das junge Chaos" keine Vorgeschichte, sondern befasst sich mit Ellens Weg, nachdem sie Rache an ihrem Mörder nahm.

Mein Bestreben lag darin, die mystische Welt, in der Ellen erwachte, wieder aufzugreifen und mit ihren eigenen Mythen, Legenden und Gestalten zu füllen. Für diese Wesen ist bereits viel Geschichte geschehen. Für Ellen beginnt sie gerade erst.

Bis an ihr Lebensende

Bis an ihr Lebensende lachte, tanzte und weinte die Hundeherrin mit ihrem ganzen Herzen. Viele Tränen vergoss sie so und großes Glück erntete sie auf diese Weise. Dies war es, was den Wolf zu ihr rief. Und geblendet von all dem Glück, konnte der Wolf sie verführen und fressen. Doch eine Alte schickte einen Hund zu ihr, der sie am Ende ihres Lebens empfing. Er ward ihr erster Diener. Mit ihm brachte sie Strafe und rechtschaffene Vergebung über den Wolf.

Danach suchte sie nach einem neuen Heim, das sie beziehen konnte.

Ellen starrte auf den bandagierten Rest Mensch herab. Das rechte Bein fehlte, genauso wie die Arme bis zu den Schultern. Dem linken Bein war der Oberschenkel geblieben. Zumindest das meiste von ihm.

„Du hast mich betrogen", sagte der Hund neben ihr. Ellen konnte nicht erkennen, ob es Anerkennung, Vorwurf oder eine Feststellung war.

„Ich habe nie gelogen, Diener."

„Du hast nicht alles gesagt."

„Ich habe von dir gelernt."

Der Hund legte den Kopf schief und sah sie an. „Und was willst du jetzt machen?"

Ellen betrachtete die Reste ihres Mörders. Das Ergebnis ihrer Rache lag vor ihr. Die ehrliche Entscheidung ihrer Vergebung ließ ihn weiterleben. In ihr herrschte Stille. Sie suchte nach Spuren von Bedauern oder Freude. Vergebens.

„Sag mir, Werkzeug, was geschieht nun mit dir?", fragte sie den Dämon, um sich von einer dämmernden Erkenntnis abzulenken.

Der Hund zögerte. Nach einer ganzen Weile sagte er: „Ich weiß es nicht. Nichts. Noch nie traf jemand deine Entscheidung in Begleitung eines Dämons."

Ellen stellte fest, dass diese Aussage sie verunsicherte. Auch wenn der Hund ein Lügner war, so hatte er ihr bisher doch zumindest einen Weg gewiesen. Und nun wusste auch der Dämon nicht, was nun geschah.

Der Mörder war bestraft und ihm war vergeben. Welche Aufgabe lag nun vor ihr? Wohin konnte sie sich wenden? Fort von hier, von ihrer Vergangenheit und ihrem ersticktem Leben.

„Wir gehen.", sagte sie hastig und verließ das Zimmer.

Ungesehen wandelte sie durch die Flure des Krankenhauses. Um sie herum pulsierte Leid, Linderung und Tod in der aufgehenden Morgensonne. Nichts davon drang zu ihr durch.

Ein Mann, blass und entblößt stand vor den Fahrstühlen. Er wirkte verwirrt, sah sich hilfesuchend um, doch keine der Schwestern oder Pfleger nahmen ihn wahr. Ellen benötigte einen Moment, um zu erkennen, dass der Mann tot war. Der Geist bemerkte ihren Blick. Erkenntnis breitete sich über sein altes Gesicht aus. Er hob die fahle Hand flehend zu Ellen.

Eine Verlockung lag in diesem Mann. Ellen konnte seinen Geist, seine Seele spüren. Er wirkte einladend, bot sich ihr bereitwillig an und sie erkannte, dass es für sie das Natürlichste der Welt war, ihn zu verschlingen. Sie schreckte zurück, jagte die Treppe neben den Aufzügen hinab und erreichte endlich den Ausgang.

Und dann stand sie im Morgenlicht.

Sie verging nicht, wurde durch den Sonnenschein nicht verweht. Sie fühlte keine zerrinnende Kraft oder andere Phänomene, mit denen sie insgeheim rechnete.

„Und wohin willst du jetzt?", wollte der Hund wissen.

Die Frage offenbarte ihr, was das Sonnenlicht bereits entblößte: In ihr herrschte Orientierungslosigkeit.

Momente, vielleicht Minuten oder Stunden vergingen.

Sie erwachte, als ein Mann durch sie hindurchtrat. Die graue Gestalt band Ellens Blick. Der Schritt bestimmend, aber die Haltung gedrückt. Sein Selbst, seine Präsenz, zerfasert und von Trauer und Entschlossenheit gebunden. Ellen folgte ihm, stieg ungesehen in das gleiche Taxi und nahm hinter der Fahrerin Platz. Der Mann atmete erschöpft aus. Die Illusion der Bestimmtheit fiel von ihm und verdeutlichte Ellen ihren ersten Eindruck.

„In das Theresa - Krankenhaus. Bitte.", sagte der Mann.

Die Fahrerin nickte stumm, fuhr sanft und zügig los. Der Hund floss neben dem Fahrzeug dahin, unbemerkt von der übrigen Welt.

Ellen studierte den Mann, die harten, erschöpften und traurigen Züge. Sie suchte in seiner Präsenz nach einem Anhaltspunkt für seine Trauer, vermochte doch nichts darin zu erkennen. Die Worte des Fährmanns, irgendwann in der Vergangenheit gesprochen, erinnerten sie an eine andere Möglichkeit. Sie konnte Gedanken beeinflussen. Konnte sie auch in sie eindringen? Durfte sie es überhaupt bei einem Fremden?

Ellen stellte sich vor, jemand anderes würde in ihre Gedanken gegen ihren Willen, oder ohne ihr Wissen, eindringen. Die Vorstellung erfüllte sie mit Abscheu, Widerwillen und Ekel. Es erinnerte sie an eine Vergewaltigung, an einen Missbrauch des intimsten Inneren. Aber ihre Neugier drängte hinaus, sehnte sich danach, Befriedigung zu erlangen. Ellen zögerte, hin und hergerissen zwischen ihrem Verlangen und ihrer Selbstbeherrschung.

Die Welt strömte vorbei. Ellen versank immer mehr in dem Anblick des Mannes und ihrem eigenen Konflikt. Der Ansatz von Tränen sammelte sich in seinen Augen an, doch Ellen war sich sicher, dass er dies nicht bemerkte.

... Duft von vergangenem Regen durch die offenen Fenster. Das Rascheln der Seiten ...

Ellen schrak zurück, spürte, wie sie sich aus den Gedanken des Mannes löste, unbefriedigt und verstört. Ein Teil von ihr drängte zurück, ein anderer wollte aus dem Taxi fliehen. Angewidert von sich selbst blieb sie neben dem Mann, hielt sich nun selbst im Blick, suchte hilflos nach dem Hund auf der Straße. Er lief neben dem Wagen, scheinbar mühelos. Als er ihr suchendes Starren entdeckte, drehte er fragend den Kopf.

Und der Wagen hielt. Ellen sprang heraus, krümmte sich mit einem lautlosen Schrei auf den Lippen.

Die Tür schloss sich mit einem dumpfen Schlag. Der Mann stand einen Moment lang vor dem Taxi.

„Hey, Entschuldigung?", sagte die Fahrerin durch die herunterfahrende Scheibe. „Ich, ach Mist was sagt man? Ich wünsche ihnen, dass alles in Ordnung kommt. Wird schon irgendwie wieder."

Ellen benötigte einen Moment, bis sie erkannte, dass die Frau nicht mit ihr, sondern mit dem Mann sprach.

„Danke.", gab er der Taxifahrerin zurück.

Ellen verzichtete darauf, ihm in das Krankenhaus zu folgen. Sie wollte nicht noch weiter in sein Leben eindringen.

Alles in ihr schrie danach, sich zu verkriechen. Sich zu waschen und von ihrer Tat zu reinigen. Sie rannte los, folgte wahllos Straßen und Gassen.

Duft von vergangenem Regen strömte durch ihre Nase, eine fremde Erinnerung und nun ihre eigene. Wohn- und Geschäftshäuser blieben zurück. Sie überschritt schwere Schienen und betrat ein Industriegebiet. Grashalme und Unkraut zwischen den Bohlen. Menschen trotteten einzeln oder in Gruppen über die Wege. Ellen hastete weiter.

Im Hinterhof einer backsteinernen Fabrikhalle, entdeckte sie die weißen Gerippe eines verlassenen Bürogebäudes. Der ausgeblichene

Putz bröckelte von der Fassade, Efeu und Brombeerranken wuchsen an ihr empor. Durch glaslose Fenster lockte Schatten. Ellen betrat das verlassene Gebäude. Abgeblätterte Farbe, Staub und Unrat bedeckten den Boden, die Wände waren mit einfachen Graffiti bedeckt. Helles Sonnenlicht brannte durch die Fenster, ließ die Welt jenseits in gleißendem Strahlen verschwinden. Ellen folgte einem breiten Gang. Nach wenigen Minuten Wanderung im Zwielicht erreichte sie eine Tür, durch die Licht fiel. Als sie die Tür durchschritt, empfing sie ein bleiches, üppiges Grün. Ein großes Loch im Dach und dem darunter liegenden Stockwerk öffneten der Sonne einen Weg. Ein kleiner Teich aus Regenwasser lag still zwischen dem Gras und anderen Gewächsen.

Andächtig betrat Ellen die Lichtung. Stille begrüßte sie. Ein Gefühl von Kraft lag in dieser Ruhe, von unangetasteter Heiligkeit. Nach einigen Schritten drehte sie sich zu dem Hund um. Er stand am Rand des Grases und beobachtete sie mit schief gelegtem Kopf.

„Willst du nicht näher treten?", fragte sie den Dämon.

„Spürst du es nicht?"

„Was meinst du?"

„Dieser Ort ist geweiht."

„Von wem?"

„Das kann ich nicht erkennen. Nicht vom Himmel und nicht von der Hölle."

Ellen ließ den Blick schweifen. Sie konnte keine Spuren finden, die auf andere Wesen hindeuteten.

„Ich glaube, hier ist alles verlassen. Weshalb auch immer." Erneut drehte sie sich im Kreis. „Wenn es Abend wird, will ich zu der Frau, die dich zu mir schickte. So lange bleiben wir hier."

„Ich rate dir davon ab.", sagte der Hund vom Rand der Lichtung her.

„Hast du Angst vor ihr?"

„Ja."

„Dann will ich genau das von ihr lernen." Ellen ließ sich auf das Gras nieder, betrachtete den stillen Teich und begann das Warten.

Das Alabasterhaar

Die Farben der Stadt polarisierten sich in kleinen Inseln der engen Gassen. Ellen folgte ihrem Diener durch Wege, die von Wesen bewohnt wurden, die Ellens Anwesenheit spürten. Scheue Blicke folgten ihr durch verwehende Dämpfe, kleine Stände in toten Nischen boten Speisen, nährten die Bittsteller und lockten mit pastellenen Lichtern. Ellen erkannte keine von den Mahlzeiten, doch sie reizten sie. Menschen, einzeln und verloren, torkelten durch die Gasse und die Stände, nahmen keinen Anteil an dem Geisterreigen.

Der Hund schlängelt durch die Adern einer Stadt, die Ellen fremd war. Es war ihre neue Heimat.

Bald erreichten sie eine Stelle frei von Wesen. Drei Rechtecke aus orange glühendem Licht brannten gestreckt auf den Boden. Der Hund verharrte, wich kleine Schritte vor der Grenze zurück.

„Hier ist es", sagte der Hund. „Ich kann ohne Einladung nicht weiter."

„Dann warte hier auf mich."

Sie trat an dem Hund vorbei in das Licht. Für einen Moment lief ein Prickeln durch sie hindurch. Stille schloss sich hinter ihr. Der Hund saß dort, nur wenige Zentimeter entfernt durch einen Ozean getrennt. Ellen wandte den Blick nach links und betrachtete das Fenster, hinter dem die Quelle des Lichtes lauerte. Eine Puppe saß dort auf einem Stiel. Ein weißer Rumpf ohne Arme und Beine, geziert von einem kahlen weißen Schädel. Augenhöhlen ohne Augen starrten Ellen an. Der schmale Mund ohne eine erkennbare Regung leicht geöffnet.

Ellen erinnerte sich an ihr Vorhaben und setzte ihren Weg fort. Sie verließ das Licht und trat auf den Schatten, warf der Puppe einen weiteren Blick zu. Den Kopf nun zu ihr gedreht, erwiderte die Puppe den Blick. Eine Welle aus purer Bösartigkeit erfasste Ellen. Schnell trat sie in das nächste Licht, durch eine Tür geworfen. Im Fenster daneben lauerte eine weitere Puppe, starrte sie ohne Augen an. Hass loderte in dem Blick.

Such Stärke!, ermahnte sie sich still. Sie straffte sich, ignorierte die beiden Puppen und musterte die Tür genauer.

Ein Rollgitter versperrte ihr schattenlos den Weg.

Ellen spürte immer mehr das Starren der beiden weißen Gestalten. Es gewann an Substanz, wollte sie vernichten.

Sie musste hinein. Schnell!

Sie streckte die Hand nach dem Gitter aus, hoffte, es würde sich als Illusion erweisen. Sie wurde enttäuscht.

Das Starren zerrte an ihr, wollte sie zerreißen.

Such Stärke!

Sie widerstand der Versuchung, am Gitter zu rütteln. Niemals würde sie hier Schwäche zeigen!

Eine Erinnerung zuckte in ihr auf. Der erste Geburtstag, an den sie sich erinnern konnte. Eine Welle aus Glück durchlief sie, als sie an ihre Eltern dachte. Trost lag in dieser Vergangenheit. Das Starren der Puppen entriss ihr die Erinnerung, zerfetzte und verschlang sie. Der Hass wuchs.

Ellen spürte, dass ihr etwas fehlte. Etwas Wichtiges, doch sie konnte es nicht benennen.

Die Puppen zerrten weiter an ihr, suchten eine weitere Erinnerung.

Ihr erster Kuss, der heimliche im Sandkasten, wurde verschlungen, vernichtet.

Wut keimte in Ellen, verdrängte die Angst. Es reichte ihr, von anderen bestimmt zu werden, dass sich andere an ihr bedienten. Sie wollten Erinnerungen? Die konnten sie haben!

Dieser Moment, in dem sie ihr Ex verließ, sich nicht erklärte. Als sie ihn Wochen später mit einer Freundin sah. Sie warf ihn nicht einfach hin, sie stopfte ihn den Puppen in den Rachen. Sollten sie die Demütigung haben!

Eine andere Erinnerung, der erste große Streit ihrer Eltern, die Furcht verlassen zu werden. Bis zuletzt begleitete sie die Angst.

Der Griff der Puppen lockerte sich.

Dieser Moment, in dem sie ihre Beziehung beendete, weil sie ihn nicht mehr liebte. Die Zweifel, ob sie ihn damit nicht innerlich zerbrach mit all seiner Hoffnung in den Augen. Zerstört verging sie im Schlund der Bestien. Wut und Entschlossenheit blieben zurück. Risse bildeten sich überall auf den Schädeln der Puppen. Ein feines, schwarzes Geäst wucherte ruckhaft.

Ellen starrte das Gitter an.

Hass brandete gegen sie an, aber sie gab ihm nicht mehr nach.

Ein Zittern durchlief die Welt. Mit einem Mal starrten die Puppen sie nicht mehr an, starrten stumm auf den Beton im Licht der Fenster, die Schädel von Rissen durchwebt. Das Rollgitter öffnete sich knirschend. Ellen wartete einen kurzen Moment. Nicht hetzen, nicht drängen. Dann schritt sie aus, öffnete die Glastür und trat durch das Klingeln einer kleinen Glocke ein.

Poliertes, altes Holz hüllte das Innere des Ladens. Hohe Regale zierten die Wände, geteilt in kleine Fächer voller Garn. Warmes Licht spiegelte sich auf dem Chrom und Lack einer alten Nähmaschine. Eine Frau saß davor, betrachtete konzentriert den Stoff unter der Nadel. Ihr weißes Haar bildete einen straffen Dutt, eine kleine, runde Brille unterstrich ihr schmales Gesicht, eine enge weiße Bluse und einen schwarzen Rock. Mit nacktem Fuß bediente sie die Maschine.

Konzentrierte Stille füllte das Geschäft. Immer wieder erklang der Gesang des Nähens.

Ellen wartete.

Schließlich ergriff die Frau eine Schere und durchtrennte den Faden. Sie zog den Stoff heraus, betrachtete ihn eingehend, faltete dann ihr Werk und verstaute es in einem Fach. Erst dann drehte sie sich Ellen zu und besah sie über den Rand ihrer Brille.

„Nun, was führt dich zu mir?", fragte die Frau.

„Weißt du, wer ich bin?"

„Irgendeine Tote. Und erstaunlicherweise stehst du hier. Du hättest draußen verbrennen sollen."

„Deine Puppen haben es sich anders überlegt."

Die Frau warf einen Blick in die Fenster, prüfte streng den Zustand ihrer Wärter.

„Nun sie sind alt. Ich werde sie bei Gelegenheit neu weben." Sie atmete tief ein und aus. „Und? Was willst du nun?"

„Du hast mir einen Dämon geschickt. Nach meinem Tod. Und er fürchtet dich. Das will ich lernen."

Die Frau blickte sie einen Moment lang an, dann schüttelte sie den Kopf.

„Du verschwendest unsere Zeit. Du bist nur eine Tote, ein Geist. Geh zu Charon, entscheide dich für einen Weg und folge ihm, aber stör mich nicht."

„Diese Wege interessieren mich nicht. Ich habe sie verlassen."

„Und jetzt läuft das kleine Mädchen abseits der Straße und weiß nicht weiter", sagte die Frau gehässig. „Wenn der Wald zu dunkel ist, geh zurück zu dem Weg, Kindchen. Meine kannst du nicht sehen oder verstehen."

„Ich will keine fremden Wege. Ich will Stärke!"

Kurz schien die Frau nachzudenken. Langsam stahl sich ein Lächeln in ihr Gesicht. Sie griff in ihr Haar, fand eines und riss es heraus.

„Nimm dass, erkenn, was es ist und wachs daran. Und kehr nie mehr wieder."

Verlockend hing das Haar zwischen den Fingern. Ellen musste nur zugreifen.

„Na los, wieso zögerst du, Mädchen? Angst?"

„Was machst du hier?", versuchte Ellen Zeit zugewinnen.

„Das siehst du doch. Ich spinne, webe und nähe. Eine ehrliche Art sein Leben zuführen."

Ellen hörte die Worte und versuchte, jene hinzuzufügen, die ihre Bedeutung offenbarten.

„Das mag für Menschen gelten. Für normale Leute. Die Frage, die ich mir stelle ist: Was nähst du?"

„Nimm das Haar und erfahr es oder lass es", sagte die Frau, nun weniger höhnisch als viel mehr ungeduldig. „Die Nacht wartet nicht auf dich."

Ellen zögerte, schloss dann die Finger um das Haar.

Der Junge hieß Verence. Seine Mutter schlug ihn und sein Vater konnte ihm nicht helfen. Mit acht Jahren übte sie mit ihm das Stehlen. Erst versuchte er sich in kleinen Kiosken, dann in größeren Geschäften.

Wenn er es schaffte, durfte er etwas von dem Kakao haben. Wenn nicht ... schlug sie ihn.

Mit neun Jahren lief er davon und verschwand auf der Straße. Die nette Frau fand ihn, die Alte. Sie gab ihm Essen, heilte seine Wunden und lehrte ihn, seine geschickten Finger für das Nähen zu nutzen.

Dann, eines Tages, fragte die freundliche Frau ihn, ob ihm noch etwas fehlte. Also sprach Verence: „Ich möchte etwas Besonderes sein, gemocht werden."

Die gute Frau lächelte und versprach ihm dann, dass sie dies wohl könne, aber er müsse sich auch anstrengen und es wirklich wollen.

Er versicherte es ihr und sie legte ihm lächelnd die Hand auf, strich über ihn mit der anderen von Kopf bis Fuß. Verence spürte, dass sich etwas veränderte. Er bekam es mit der Furcht zu tun, aber er redete sich ein, es werde schon recht sein.

Und als sie ihn das dritte Mal strich, streckte er sich, wurde länger und schmaler. Die gute Frau hielt ihn nun zwischen ihren Fingern und dann verschlang sie ihn, seine Vergangenheit und all die Dinge die hätten sein können.

Und so wurde Verence zu einem ihrer Haare.

Ellen erwachte gerade rechtzeitig, um den nahenden Finger der Frau zu sehen. Er berührte sie sanft an der Stirn. Ein Funke explodierte.

Memory Lane

Ellen erwachte in einer Gasse. Der Hund saß vor ihr und beobachtete sie aufmerksam. In ihrer Hand hielt sie noch immer das Haar umklammert.

„Wo bin ich?", fragte Ellen verwirrt. Das Haar pulsierte in ihrer Hand. Die Kraft von Verence geklautem Leben drängte auf Befreiung.

„Am Rand der Stadt. In der Nähe deiner Todesstätte."

Jetzt erkannte Ellen immer deutlicher das Stadtbild. Verwahrlosung breitete sich um sie herum aus, wucherte über die Häuser und die Straßen der Menschen.

„Was willst du jetzt unternehmen?", fragte sie der Hund.

Ellen öffnete die Hand und musterte das weiße Haar. Sie konnte deutlich die Macht spüren, die darin gefangen lag. Aber sie war kein Teil von ihr, würde vielleicht nie ein Teil von ihr werden. Aber es mochte möglich sein, selber so Kraft zu gewinnen ...

Sie schreckte vor der Vorstellung zurück. Ein Leben nehmen, aber dafür an selber an Stärke gewinnen? Und ein Teil von ihr, der Teil, der Rache genoss, sagte: Warum nicht?

Such Stärke!

Sie schaute sich suchend um. Die Umgebung war gesprenkelt mit den unterschiedlichsten Menschen. Ihre Wesen waren fast alle beschmutzt und matt. Einige wenige strahlten noch gerade so, andere waren kurz vor dem Verlöschen. Ellen ertappte sich bei dem Gedanken, dass diese Menschen als Opfer dienen könnten.

Sie suchte fieberhaft weiter und schließlich fand sie eine Präsenz. Verdreht, beschmutzt aber kraftvoll pulsierte sie immer deutlicher. Ellen faste einen Entschluss.

Raffael starrte zum bestimmt hundertsten Mal auf sein Smartphone. Noch immer keine Nachricht von Karin, kein Mucks. Sie hatten doch ausgemacht, dass sie sich alle zwei Stunden meldete! Sorge und Wut wuchsen in ihm. Bestimmt redete ihr Lara wieder irgendeinen Scheiß ein, lag ihr wieder damit in den Ohren, dass Karin ihn doch verlassen sollte! Als ob die Schlampe Karins Wohl im Auge hatte! Die war doch nur eifersüchtig! War zu fett, um selbst einen Stecher zu kriegen, und konnte es nicht ertragen, wie glücklich Karin mit ihm war!

Wieder ein Blick aufs Handy. Nichts.

Ob es ihr gut ging? Die Gegend war nicht mehr die Beste, das musste er zugeben. Aber sie hatte das Spray dabei, dass er ihr gekauft hatte. Frauen mussten sich zu helfen wissen, klare Sache.

Er sah auf die Uhr. Nach eins. Was wenn sie wieder auf diesen Typen getroffen war? Raffael hatte ihm zwar klar gemacht, dass er sich fernhalten sollte, alter Freund hin oder her, aber manche Kerle kapierten es einfach nicht. Und wenn Karin was getrunken hatte, wurde sie schon mal leichtsinnig.

Er griff nach dem Handy und startete den Tracker, der mit Karins Smartphone verbunden war. Mal sehen, wo die Göre blieb.

Es dauerte einen Moment, aber dann lehnte er sich beruhigt zurück. Sie befand sich noch immer im Club, ganz wie versprochen. Hatte sie es endlich gelernt!

Er schloss für einen Moment die Augen. Als er sie wieder öffnete, stand er auf der Straße.

Glänzendes Pflaster, von Nebel benetzt, lag unter ihm. Bizarre Gebäude ragten zu beiden Seiten auf. Verzerrte Fensterrahmen mit totem Inneren starrten ihn an. Raffael stolperte unsicher ein paar kleine Schritte. Ein kalter Windzug streifte ihn.

Ein Licht glimmte auf. Flackernd und etwas unruhig bildete es eine kleine, unstete Sonne. Er ging langsam darauf zu. Irgendwo ein Hecheln.

Als er vor der Laterne stand, erkannte er sie sofort. Diese alten Gaslampen gab es nur in seinem Heimatdorf. Einen Ort, den er seit Jahren nicht mehr besuchte.

„Hey, Junge!", rief eine raue, grobe Stimme. Er hörte Bier darin, Schnaps und Gereiztheit. „Junge, wo ist deine Hure von einer Mutter?"

Raffael erbleichte. Er konnte den Ursprung der Worte nicht erkennen, anders als den Besitzer.

„Was soll das?", rief er in den Nebel. „Wie komm ich hier her? Wie kommst du hier her?"

„Du gehörst mir, Junge. Gehörst mir, bis deine Hure dich holen kommt."

Raffael starrte angestrengt in den Nebel. Eine Silhouette bewegte sich langsam und schwerfällig auf ihn zu. Er musste aus dem Licht raus!

Schnell, aber so leise wie er konnte, lief er los. Nach wenigen Schritten erreichte er den Rand des Lichtes, sah die rettende Dunkelheit. Ein neuer Stern ging auf, brannte verräterisch über ihm.

„Ich kann dich sehen, Junge."

Gehetzt sah Raffael sich um. Die Gestalt war nun größer und deutlicher, hielt etwas in der Hand. Raffael rannte weiter.

„Wo ist die alte Fotze, Junge?"

Der Rand des Lichtscheins lag vor ihm. Er sprang durch. Ein neuer Stern.

„Red mit mir, Junge. Dann geht das hier ganz schnell!"

Raffael zögerte nicht. Er lief weiter. Ein neues Licht erblühte.

„Du bist tot, Arschloch!", rief er der Gestalt rennend zu.

„Das will ich wohl meinen", antwortete diese. „Hast es mir ja reichlich gegeben, nicht wahr?"

Und Raffael stand in dem alten, spießigen Wohnzimmer. Der Fette saß als Schatten vor ihm, leere Flaschen zu seinen Füßen.

„Meine Güte, hast du mir den Arsch da aufgerissen." Kurz lichtete sich der Schatten. Raffael sah ihn nun ganz genau. Der gebrochene Kiefer, die blutige Nase, das heraushängende Auge, der offene Schädel. Der Mund lachte. „Aber ich bin noch da, Junge. Nicht wie deine Nutte von Mutter."

Raffael schlug zu.

Er saß in seinem Zimmer, allein, klein und hilflos. Die Stimme und seine Mutter stritten sich. Sie stritten sich immer. Raffael sah, wie die Wände verschwanden, sah den Fetten und seine Mutter und wie der Fette sie zu schlagen begann. Er verkroch sich weiter in seinem Zimmer, spürte die Wände, auch wenn er sie nicht mehr sah.

Und dann war seine Mutter fort. Der Fette suchte nach ihr, konnte sie aber nicht finden. Er wandte Raffael den Blick zu.

„Komm her, Junge!"

Raffael verkroch sich weiter, zitterte am ganzen Leib. Er war alleine, verlassen von seiner Mama und dem Fetten ausgeliefert.

„Willst du, dass es endet?", fragte eine Stimme.

Er benötigte einen Moment, bis er die Sprecherin sah. Eine Frau, entschlossen, streng, wunderschön und fast wie eine Königin. Sie trug das Gesicht seiner Mama.

„Willst du, dass es endet?", fragte sie noch einmal. Weit entfernt tobte der Fette.

Er nickte. Tränen rannen über sein Gesicht. Wieder das Hecheln. Vage sah er die Leiber von Hunden, die auf den Fetten zu flossen, ihn erreichten und zerfetzten.

„Komm", sagte seine Königin, seine Mama und breitete sich vor ihm aus. „Komm."

Er stürmte in sie hinein.

Ellen stand vor der schwarzen Lache, die den Boden von Raffaels Wohnung bedeckte. Sie war alles, was von ihm übrig war. Die Kraft seines verdrehten Wesens pulsierte in Ellen. Sie kostete für einen Moment die Stärke, die darin verborgen lag, berauschte sich an ihr.

Die Erinnerungen von Raffael begehrten auf, verbanden sich mit ihren eigenen. Noch zaghaft, aber immer fordernder. Schon sickerten die ersten Fetzen in sie hinein, gaukelten ihr vor, sie sei ein Junge gewesen. Erzählten von erfolgreichen Schultagen und kalter Abweisung ...

Ellen taumelte zurück. Der Hund warf ihr einen interessierten Blick zu.

Raffael, Ellen, beide, sie musste ihn aussperren. Seine Macht behalten, aber sein Wesen ausschließen. Trug die Alte deshalb ihre Macht als Haar? Damit es sie nicht übernahm?

Sie sah nur noch den Hund, den Dämon. Eine gewisse Hoffnung lag in seinem Blick. Der Hund!

Sie konzentrierte sich auf Ellens, auf Raffaels Wesen, ergriff die Unsicherheiten, die Abhängigkeiten, die Boshaftigkeit und presste sie in eine Form.

Mit großer Mühe erschuf sie einen Hund. Mit schmutzigem Grau erschien er über der schwarzen Lache, zitternd und junkend. Ein unsichtbares Band hielt ihn bei ihr.

Die Kraft ihres Opfers blieb in ihr, stützte sie.

Ellen straffte die Gestalt und verließ die Wohnung. Sie musste sich ausruhen, das Erlebte verarbeiten.

„Hey, Raffi. Keine Ahnung was los ist, vielleicht schläfst du ja schon. Ich ... Mensch Lara, nerv nicht. Ich ... also ich wollte dir nur sagen, dass ich die Nacht bei Lara bleibe. Deshalb die Sprachnachricht. Bin einfach zu platt. Aber, ich will, dass du weißt, dass ich stolz auf dich bin. Ich mein, dass du mit der Therapie beginnen willst. Ach, Gott, ich hab zu viel getrunken. Scheiße, ich, du bist immer für mich da und so ... wollte dir dass nur sagen. Weiß auch nicht wieso ... Schnauze, Lara! Ich freu mich darauf, dich morgen zu sehen. Lieb dich."

Eines Tages

Eines Tages badete die Hundeherrin im Gewässer ihres Heimes.
Das Wasser und das Licht der Gestirne sollten sie rein waschen von dem
Schmutz der Nacht. Denn schwer wog ihre Seele und mit Reue erfüllte
sie der Anblick ihres neuen Dieners.
Doch war dies keine Reue des Herzens, denn viel mehr eine Schuld
der Gedanken. Aber das Junge Chaos belog sich selbst und leugnete
seine Schuld. So kam es, dass zwei Gesandte an ihrer Pforte erschienen
und von ihr Zeugnis verlangten.

Ellen schwebte über dem Wasser des kleinen Teiches. Der Himmel
verbarg die Sterne im keimenden Sonnenlicht. Der Dämon saß am Rand
der kleinen Lichtung, Aufmerksamkeit im ganzen Körper. Der graue
Hund lag zusammengerollt am Rand des Wassers. Ellen wusste, dass er
nicht schlief. Er ruhte, bildete ein Abbild dessen, was er war, was in ihr
zurückgeblieben war. Schlummernde Macht.

Das weiße Haar schwamm im Wasser. Ellen konnte es jederzeit
finden. Sie spürte es, auch wenn es sich vor ihren Blicken verbarg.

Ein Nachhall von Raffaels Erinnerungen krallte sich noch immer in
ihr fest. Sie wusste, dass sie in der letzten Nacht eine Grenze übertreten,
dass sie ein Leben zerstört, vernichtet und sich egoistisch einverleibt
hatte. Sie sagte sich, dass sie sich deswegen schlecht fühlte.

Sie wollte sich mit der Gewissheit beruhigen, dass er kein guter
Mensch gewesen war, voller Leid, dass er in die Welt versprühte. Dass
die Welt nun ein etwas besserer Ort war.

Ellen sagte sich dies vor allem, um sich den Anschein zu geben,
dass sie an ihrer Tat zweifelte, dass sie Gewissensbisse verspürte. Ein
Leben zu nehmen musste schließlich Spuren hinterlassen, es musste ihr
etwas ausmachen!

Sie ignorierte die Stimme, die ihr die Lüge aufzeigte.

Der Himmel strahlte immer stärker im hellen Blau eines neuen Tages. Die Schatten ihrer Heimstätte wanderten in ihrer Wahrnehmung immer schneller über den Boden. Ellen registrierte dies nur am Rande. Zu sehr beschäftigte sie sich mit der Frage, was sie nun mit der neuen Macht vollbringen ... nein, wie sie ihre Tat verkraften konnte.

Sie nahm ein kleines Stück der neuen Kraft, betastete sie mit ihrem Geist, erfasste vorsichtig das Wesen dieser Macht. Das Potenzial suchte nach einer Entfaltung. Ellen spürte in die Welt hinein, fand ein Samenkorn im Beton und jagte die Kraft hinein. Innerhalb weniger Sekunden wuchs eine Pflanze hervor. Aus dem Stängel sprossen erst kleine Blätter, dann eine Knospe, aus der sich eine Blüte entfaltete. Für einen Moment strahlten die Farben der Pflanze auf. Wunderschön rief sie ihr Leben in die Welt.

Dann begann die Wucherung. Blasen bildeten sich erst auf den Stängel, dann auf den Blättern und schließlich in der Blüte. Die Blume quoll immer weiter auf, wuchs unkontrolliert und starb dabei.

Interessiert beobachtete Ellen den Vorgang. Ob es mit der Herkunft der Macht zusammenhing? War vielleicht die Quelle zu verdorben, um Leben zu schenken? Vielleicht taugte Raffaels Lebenskraft nicht für solch eine höhere Aufgabe. Oder war sie selbst zu unachtsam gewesen? Musste sie den Vorgang stärker kontrollieren?

Vielleicht brauchte sie eine andere Kraftquelle ... unverdorben, mit einem anderen Leben.

Ellen betrachtete ihren Gedankengang und erkannte, dass sie sich dafür schämen müsste.

„Es erscheint jemand.", unterbrachte der Dämon ihre Überlegungen.

„Ein Mensch?", fragte sie und hoffte für einen Moment darauf. Als sie sich bewusst wurde, worum es ihr ging, schärfte sie sich ein, sich besser zu beherrschen.

„Nein", sagte der Hund schlicht. „Es sind zwei Feinde. Tritt nicht aus dem geweihten Ort heraus."

„Wieso?"

„Find es heraus, Gnädigste", sagte eine glatte Stimme freundlich. Es klang nicht nach einer Drohung. Viel mehr lag Verführung in der Stimme. Der Mann stand unvermittelt am Rand des Grases. Elegant gekleidet, gepflegt und sympathisch wartete er mit den Händen in den Hosentaschen. Die Welt um ihn herum verzerrte sich, verbog sich zu ihm hin. Er strahlte Unglück aus, Verderbnis und Grausamkeit.

„Es würde vieles Beschleunigen", fügte eine andere, monotone Stimme hinzu. Ein weiterer Mann manifestierte sich. Ordnung breitete sich von seiner grauen Gestalt aus. Ruhe und eine beängstigende Entschlossenheit erfasste sein Umfeld.

„Wer seid ihr?", fragte Ellen harsch.

„Deine Konsequenz", sagte der graue Mann.

„Deine Konsequenz", äffte der Elegante ihn grinsend nach. „Mein werter Kollege hier hält nicht viel von Umgangsformen. Ich bitte nicht um Verzeihung. Er ist ein Engel und ich ein Teufel, damit ist das geklärt. Unsere Namen tun nichts zur Sache. Das verstehst du sicher."

„Wir wollten mit eigenen Augen sehen, wer die Ordnung dieser Stadt verändert", sagte der Engel.

„Und herausfinden, wieso unser Schoßtierchen nicht heimkehrt", ergänzte der Teufel an den Dämon gerichtet. „Böser Junge! Ganz, ganz böse!"

Der Dämon ließ keine Regung erkennen.

„Jetzt habt ihr mich gesehen", sagte Ellen fest. Sie konnte nicht erkennen, was die beiden Gesandten im Schilde führten. Aber es behagte ihr nicht, sie so nah zu wissen. Auf der anderen Seite betraten weder der Engel noch der Teufel den Bereich des Grases. „Und näher werdet ihr nicht an mich herankommen."

„LANGWEILIG!", rief der Teufel. Der Engel legte lediglich den Kopf schief, schien in Gedanken versunken.

„Sag mal, Leiche, hast du dir mal überlegt, was du da gerade anfängst? Ja? Ich meine nicht die kleine Sache von gestern Nacht, die ich persönlich ganz süß finde. Nein, ich meine, was du darstellst. Wo du dich aufhältst."

„Deine Existenz alleine ist eine Irregularität", ergänzte der Engel monoton. „Du hast dich nicht für einen Weg entschieden. Das untergräbt die Struktur dieses Fraktals und damit dessen Stabilität. Dieser Ort beschleunigt den Prozess."

Ellen überlegte angestrengt. Der Himmel und die Hölle schickten beide Vertreter, um sie in eine Richtung zu drängen ... nur in welche? Und wo blieb ein Gesandter des Fährmanns? Des dritten Weges?

Sie erinnerte sich vage an eine Abmachung, die der Fährmann getroffen hatte. Aber sie betraf die Alte. Doch was hinderte ihn daran, mehrere Handelsbeziehungen zu führen?

Das Bild des Baumes über der Stadt trat ihr erneut in das Bewusstsein. Seine kranke Ausstrahlung. Etwas entzog ihm Kraft.

„Wieso", begann Ellen, „siecht der Baum dahin?"

Das herausfordernde Lächeln des Teufels veränderte sich. Es erstarrte in eine Maske ohne Regung. Um den Engel herum flimmerte die Luft. Der Beton zu seinen Füßen begann zu schwelen.

„Und wieso", fuhr sie fort, „fehlt der Fährmann?"

„Gerissenes kleines Luder", presste der Teufel zwischen den Zähnen hervor. „Bist ja eine ganz Schlaue. Aber du siehst nur und reimst dir Bilder zusammen. Du hast es nicht gespürt, oder?"

„Verträge verpflichten uns zum Schweigen", sagte der Engel knapp an den Teufel gerichtet.

„Arschloch! Was sind Verträge in diesem Tempel wert?", der Teufel lachte meckernd. „Nichts."

„Ich warne dich!", sagte der Engel mit einer Stimme, die aus glühendem Stahl bestand.

„Aber, aber, Nichts kann doch so viel sein", grinste der Teufel dem Engel zu.

Ein Moment voller möglicher Gewalt und Brutalität hielt die Zeit an.

Dann kühlte sich die Luft um den Engel ab.

„Was ist dein Ziel, Tote?", fragte der Engel. „Wir dachten, du könntest ein Schutzgeist werden, aber durch dein Handeln hast du es verwirkt."

Ellen dachte an den Baum. An die Stadt und die Gassen, die von Geistern bevölkert wurden. An ihre neugierigen Blicke.

„Meinen eigenen Weg beschreiten", sagte sie schließlich.

„Nun", sagte der Teufel nach einer Weile, „er wird sicher interessant. Behalt den Köter. Er gehört dir, bis du ihm deine Seele gibst. Danach ..."

Und sie waren fort.

Stille brach über ihr kleines Heiligtum herein.

Die Sonne neigte sich immer mehr dem Horizont entgegen. Ellen bemerkte, dass sie sich hätte fürchten müssen. Angst um ihre Existenz hätte sie übermannen müssen. Stattdessen wuchs in ihr der Wunsch nach mehr Stärke. Wenn sie ihren Weg bereiten wollte, musste sie in der Lage sein, solche Widersacher zu bezwingen.

Such Stärke.

Doch sie wollte erst wissen, wo sie sich befand und weshalb dieser Ort eine Besonderheit darstellte.

„Wer kennt sich in dieser Stadt am besten aus?", fragte Ellen ihren Diener.

„Dion. Er ist hier am längsten."

„Führ mich hin."

Das Lustschloss

Der Weg durch die Gassen war für Ellen dieses Mal vertrauter, doch immer noch fremd. Aber etwas schien anders. Die Gestalten in der Dämmerung warfen ihr verstohlene Aufmerksamkeit zu. Manche auch ganz offen. Worte wisperten durch die klare Abenddämmerung, für Ellen unverständlich. Einen Ausdruck jedoch vernahm sie immer wieder: Alabasterhaar.

Der Hund wand sich durch die Gassen, die Adern der Stadt. Wenn sie große Hauptstraßen überquerten, blieben die Toten, oder was sie auch sein mochten, hinter ihnen zurück. Nur wenige kreuzten die Wege der Lebenden.

„Wer sind all diese Wesen?", fragte sie ihren Diener. „Sind sie wie ich?"

„Ja. Und nein. Ein Teil von ihnen entschloss sich, auf der Welt zu verbleiben. Sie trafen diese Entscheidung bewusst, wenn ihnen der Himmel offen stand, oder sie den Fährmann bezahlten. Die anderen ... sind Wesen, die aus anderen Gefilden stammen. Oder erschaffen wurden."

Ellen erspürte eines der Wesen, erfasste es mit all ihren Sinnen. Jahrhunderte schlugen ihr entgegen. Fremde Länder. Reue, Scham und Freude. Das Betrachtete bemerkte Ellens Blick, starrte sie einen Moment lang an, dann die beiden Hunde.

Welch Ehre!, hörte Ellen in ihrem Geist. *Dein Diener, Hundedame.*

Das Wesen deutete eine Verbeugung an.

„Bitte?", fragte Ellen verwirrt.

Du trägst das Haar, ohne zu verbrennen. Du hast einen Hund erschaffen. Du hast Himmel und Hölle getrotzt. Du zerbrichst Ordnung. Hoffnung schwang in diesen Gedanken mit. Sehnsucht und Eifer. Dein Diener, wann immer du mich, Sol, rufst.

Die Gestalt reichte ihr einen Gedanken, einen kleinen weißen Stein. Sie nahm ihn entgegen und spürte ein Rufen und Ziehen darin.

Bedächtig deutete sie eine Verbeugung mit dem Kopf an, dann Schritt sie weiter.

„Sei vorsichtig", mahnte sie der Hund. „Solche Geschenke können gefährlich sein."

„Ich werde es mir merken."

Bald erreichten sie eine Gasse, die gefüllt war mit Gestalten, die sich vor einem verfallenen Gebäude drängten. Ellen spürte, wie sie mit jedem Schritt mehr an Substanz gewann. Nach wenigen Schritten fühlte sie bereits den Hauch von den Körpern der anderen.

„Es ist Dions Wille", erklärte der Hund knapp. „Sein Schloss, seine Regeln und seine Gunst."

„Nenn mir seine Regeln", verlangte Ellen.

„Das ist mir verboten."

„Seine Regel, nehme ich an."

„So ist es."

Eine Gestalt vor ihr drehte sich neugierig um. Ihr gleichgültiger Blick wandelte sich in ein erstauntes Starren.

„Die Hundedame!"

„Die Hundedame?", kam eine Frage aus Windhauch aus einer anderen Richtung.

„Ja, Ja! Die Hundedame!"

„Die Hundedame!"

„Die Hundedame!"

„Die Hundedame!"

Das Raunen breitete sich aus. Vor und hinter Ellen erlag das Drängen einem Starren.

„Die Hundedame!"

„Die Hundedame!"

„Die Hundedame!"

„Die Hundedame!"

Gliedmaßen, vielleicht Hände, zuckten vorsichtig und zaghaft in Ellens Richtung. Der Dämon knurrte leise. Die Menge teilte sich, gab ihr den Weg bis zu dem Gebäude frei. Ellen raffte die Gestalt. Jetzt bedeutete Haltung alles.

Sie schritt weit aber ruhig aus, setzte ihren Weg entschlossen fort. Musik schlängelte sich ihr entgegen. Leise und verführerisch. Durch ihre neugewonnene Substanz konnte Ellen wieder Gerüche wahrnehmen. Schweiß, Alkohol und ... andere Düfte schwangen aus der offenen Tür durch die Nacht.

Im Inneren pulsierte warmer Feuerschein, zersetzt von berauschendem rotem Licht. Ein langer Gang wand sich hinab, ließ mit jedem Schritt das Gefühl in Ellen wachsen, sie steige nicht nur in einen Keller, sondern dem Erdkern entgegen. Die Wärme wandelte sich in Hitze, als sich der Gang öffnete und eine Halle formte.

Ellen erkannte Wesen, die, genau wie sie selbst, Gestalt gewonnen hatten, vermischt mit Menschen. Einige wiegten sich im gemeinsamen Tanz, andere umschmiegten sich mit nacktem Körper. Ellen sah, wie eine Gestalt einem nacktem Mann Wein aus einer Karaffe in den Mund goss. Ein anderes Wesen wurde von mehreren Menschen umringt, die an seinem ... Körper entlang strichen. Hier und da schliefen Menschen mit einander, beobachtet von den Manifestierten, die sehnsüchtig das Liebesspiel aufsogen.

Ellen beobachtete das Treiben, erntete selbst neugierige Blicke. Eine Frau schlängelte lasziv an ihr vorbei, strich dabei mit einer Hand über ihren Arm. Ein brennender Schauer durchlief Ellens Arm. Das Gefühl erweckte Sehnsucht in ihr, das Verlangen nach mehr. Erst jetzt erkannte sie, wie sehr sie sich an das Fehlen der Körpergefühle gewöhnt hatte. Sie hätte schreien können. Und dennoch fehlte etwas, ein letztes kleine Stück, damit die Wahrnehmung Vollkommenheit erlangte.

Weitere Menschen wandelten vorbei, manche bekleidete, andere nackt, und berührten Ellen immer wieder, strichen über ihre Arme, Schultern, die Wangen. Stumme Neugier und Fragen lagen in ihren Blicken, doch keiner sprach ein Wort.

„Sie wollen wissen, ob Du schon bereit bist", umschmeichelte eine Männerstimme Ellen. „Die meisten können anfangs die Wut und Verzweiflung nicht ertragen, welche die Erinnerung an das Leben mit sich bringt. Die Erfahrung zeigte, dass es Zeit und Wein braucht."

Ellen musterte den Mann. Auch er war nackt, sein Körper muskulös, doch auch mit den Anzeichen reichen Genusses. Ein dichter, krauser

Bart zierte sein Gesicht. In seinen Augen funkelte Lust, Gelassenheit und ein Hauch Wahn.

„Dion, nehme ich an", sagte Ellen.

„Der Deine, werte Dame", sagte er mit einem unverschämten Grinsen. Ein Mann und eine Frau schmiegten sich an ihn, strichen unverhohlen über ihn.

„Mein Diener sagte mir, dass du am meisten über die Stadt dort oben weißt."

„Die Stadt? Welche ist es denn?", fragte er und streichelte das Glied des Mannes. „Hier vergehen die Jahre wie im Flug, weißt Du?"

„Die Stadt unter dem Baum."

„Ah, ja. Der Baum des Alten Chaos." Seine Hand glitt über den Rücken der Frau hinab, schlängelte sich um ihre Hüfte zu ihrem krausen Haar. „Ein wunderbares Gebilde. Ungezügelt und voller Kraft, wenn ich mich recht entsinne."

„In deiner Erinnerung mag es so sein. Doch er darbt dahin. Etwas nimmt ihm seine Stärke."

„Oh? Wie schade. Ich mochte seinen Anblick. Nun, ich habe hier unten nur noch wenig Zeit für die Welt dort oben."

„Ich kenne dort einen Ort, den Engel und Teufel, aber auch Dämonen nicht betreten können. Er soll geweiht sein."

„Umgeben von verfallenen Mauern? Mit wuchernden Pflanzen?"

„Du beschreibst ihn, als würdest du dort stehen", sagte Ellen.

„Der Ort war wundervoll. So manches Fest habe ich dort gefeiert, vor der Weihe, versteht sich." Er spielte gedankenverloren an den Menschen, ließ sie sich wohlig zitternd auf seine Schultern stützen.

„Welche Weihe?" Wollte Ellen wissen.

„Die Weihe, welche die drei Jungen der Stadt vollzogen", er kicherte auf. „Das waren drei frivole Weiber. Jede eine der Töchter der drei Alten. Sie verabscheuten den Handel, den die ihre Mütter eingingen, verstanden nicht die Macht, die unter dem Stillstand schlummerte. Ihre Mütter webten, stickten und kochten. Freilich war den Jungen das nicht modern genug. Die Ungeduld der Jugend", Dion seufzte wohlig. „Sie wollten den Handel mit dem Alten Chaos umgehen, das Nichts betrügen."

„Du sagtest, der Baum sei der, des Alten Chaos", warf Ellen ein.

„Ja, das stimmt wohl. Es erschuf ihn auch, unwissentlich, so wie das Chaos nun einmal ist. Dann kamen die anderen beiden, gaben dem Baum einen *Sinn*! Wie langweilig, nicht wahr? Und auf einmal ging es um Macht, um Kraft und Stärke. Nicht mehr darum, was diesen wundervollen Baum nährt."

„Und die Töchter der Alten wollten den Baum retten?"

„Sie wollten den Handel brechen, in dem sie eine neue Saat austrugen. Sie erschufen sie selbst. Oder wollten es. Sie verbrannten, konnten lediglich den Tempel weihen, bevor sie das Chaos verzerrte." Dion löste sich von den beiden stöhnenden Menschen. Sie fielen sofort übereinander her. „Ein Jammer, so jung und voller Leidenschaft."

„Ich wohne in diesem ... Tempel."

„Oh, wirklich? Wie wunderbar! Darf ich auf neue Feste hoffen?"

„Vielleicht. Wenn ich meinen Weg gefunden habe."

„Auch wieder eine, die einen Weg gehen will. Ich dachte, du hättest es erkannt."

„Es?"

„Es gibt keine Wege. Nur Schritte, die du an einander reihst. Oder so."

„Das ist ja sehr tiefgründig."

„Leider. Belanglos wäre schöner. Dann wäre es frei." Er grinste sie aufreizend an.

„Ein anderes Mal", lehnte sie ab. Dion schenkte ihr ein Nicken.

Ellen wandte sich ab, strebte aus der Halle heraus. Ihr Diener und ihr Hund folgten ihr.

Vor dem Ausgang teilte sich bei ihrem Anblick erneut die Menge. Ellen schritt ohne Zögern weiter. In der Menge erkannte sie Sol, schenkte ihm ein Nicken. Neugierige Blicke wandten sich ihm zu. Ellen strebte weiter.

Nach einer Weile erreichten sie Stille und Abgeschiedenheit.

„Was willst du jetzt unternehmen, Herrin?"

„Den Handel zerbrechen. Den Baum befreien. Ich ertrage seine Krankheit nicht" kündigte Ellen fest an und blickte in den Nachthimmel. Über ihr ragten die kranken Äste und Wurzeln des Baumes in die Nacht.

„Und wie willst du das erreichen?"

Such Stärke, Hundedame!

„Ich werde mehr Hunde erschaffen."

Whiteout

Tara trat aus dem Keller heraus und raffte ihren Morgenmantel zurecht. Mit einem befriedigenden Klicken schloss sie die Tür. Stille umfing sie, und Tara genoss sie für einige Momente, schlenderte durch die nächtlichen Flure in die Küche und goss sich ein Glas Wasser ein. Sollte Deilos noch einen Moment der Ruhe haben, genau wie sie. Manchmal tat einer Ehe etwas Freiraum gut. Außerdem wusste sie, wie viel es ihrem Mann bedeutete, seine Musik zu genießen.

Gedankenverloren starrte sie durch das schmale, modern geschnittene Fenster in die Nacht hinaus. Noch immer durchliefen leichte, wohlige Schauer ihren Körper. Hundert kleine und große Dinge tauchten auf und verschwanden wieder, vollführten einen angenehm sinnbefreiten Reigen.

Ein sanftes Zischen schlich durch die Stille. Tara erkannte es sofort als die Terrassentür. War Deilos etwa schon im Wohnzimmer?

Verwundert und leicht verärgert stand sie auf, richtete beiläufig ihren Mantel und ging durch den Flur, vorbei an den jungen Bildern ihrer Familie. Ein leichter Luftzug umspielte ihre Beine. Sie erreichte nach wenigen Schritten das Wohnzimmer. Die Terrassentür stand tatsächlich einen Spalt breit offen, von Deilos fehlte jede Spur.

Sie ging verwundert um das große Sofa herum auf die Tür zu, da hörte sie hinter sich ein Geräusch. Es erinnerte sie an ein Tapsen, eines, das gehört werden sollte. Sie drehte sich um, spähte zu dem Esstisch herüber.

Die Silhouette eines schwarzen Hundes saß darauf. Kalte, gleichgültige und bösartige Augen starrten sie an. Tara zog ihren Mantel enger, ging einen behutsamen Schritt zurück. Ein Knurren stoppte sie. Sie wagte nur, ihren Kopf leicht zu wenden. Neben ihr saß ein weiterer schwarzer Hund, vielleicht eine Dogge. Sie konnte es nicht genau sagen. Mit Hunden hatte sie sich noch nie ausgekannt. Das Knurren beunruhigte Tara. Mit etwas Glück konnte sie durch die Terrassentür ...

Langsam schob sie sich in die Richtung, da tauchten zwei schwarz-weiße Hunde mit langem, zotteligem Fell auf. Mit angelegten Ohren und einem tiefen Knurren schoben sie sich durch die Öffnung, drängten Tara in Richtung des Esstisches.

Weitere Hunde traten durch die offene Tür, umringten Tara immer mehr. Furcht kroch in ihr empor. Sie dachte hilflos an ihren Mann, der oben unter dem Dach nichts hörte, ihr nicht helfen konnte. Sie dachte an ihre hilflosen Söhne ...

Die Hunde drängten sie leise knurrend weiter vor den einen, der auf dem Tisch saß, nein, thronte. Inzwischen bildete die Meute einen Halbkreis um sie.

„Du erhältst eine große Ehre", verkündete der Hund. Tara wich erschrocken einen Schritt zurück. „Größer als sie dir zusteht."

„W- was?", stammelte Tara.

„Du darfst die Hungernden mit deinem Leib füttern."

Tara sah sich um. Gierige Blicke antworteten ihr. Dies musste ein Traum sein! Hunde verhielten sich nicht so und konnten schon gar nicht sprechen.

„Und die größte Ehre", fuhr der Hund fort, „erweist dir meine Herrin. Sie wird sich an deiner Seele laben."

„Was?"

Die Hunde sprangen vor, warfen Stühle um und stürzten sich auf Tara. Sie wurde zu Boden geworfen. Zähne bohrten sich in sie hinein. Aus Reflex begann sie zu treten und zu schlagen, stieß kurz einige Schnauzen zurück. Ein Hund verbiss sich in ihren Arm, ein anderer in ihren Bauch. Wieder ein anderer in ihren Hals, presste ihr die Kehle zu. Panik erfasste sie. Sie brachte ein ersticktes Gurgeln hervor, während die Hunde sie zerrissen.

Im letzten Moment ihres Lebens sah sie die Frau. Wut strahlte aus jeder Faser ihrer Gestalt. Wut, Verachtung und Gier. Etwas packte Taras Geist, zog ihn aus ihrem sterbenden Körper heraus. Es schmerzte auf andere Art größer als alles, was die Hunde mit ihr anstellten. Die Frau packte ihr Wesen, riss es auseinander und fügte es wieder zusammen.

Teile fehlten, das wusste sie. Sie konnte es spüren. Aber sie wusste nicht, was. Es kümmerte sie nicht mehr. Sie spürte ihre Herrin. Alles war gut. Sie schüttelte ihr Fell, sah den anderen Hunden bei ihrem Festmahl zu und wartete auf einen Wunsch der Herrin.

Deilos lag im Bett unter dem Dach. Er zog diesen Platz allen anderen im Haus vor, da er am weitesten entfernt vom Keller lag. Er blätterte in einem Heft und hörte laut über seine Kopfhörer alte Rockklassiker. Es galt, sich abzulenken.

Irgendwo im Haus polterte etwas. Deilos wunderte sich etwas, aber nur kurz. Bis die Tür aufging, war nichts im Haus sein Problem. Sein Herz klopfte schwer wie jedes Mal in seiner Brust. Er drehte die Musik weiter auf.

Und stand in einem langen Flur. Seine Kopfhörer fehlten, genauso sein Heft. Dunkelheit lag an einem Ende des Flures. Deilos erkannte Schemen darin, gierig lauernde Augen. Er hörte ein Geifern. Zitternd wandte er sich ab, ging langsam von der Dunkelheit weg. Hinter ihm ein langsames Tapsen. Deilos schlang die Arme um seine hagere Brust. Er fürchtete sich, wagte nicht, sich umzudrehen. Gleichzeitig lag eine Ruhe in dieser Furcht. Sie ließ sich nicht mit jener vergleichen, die ihn auf das Bett unter dem Dach schickte.

Der Gang zeigte keine Abzweigung, keine Türen oder Fenster, nur die Schritte hinter ihm. Also stolperte er weiter.

Nach einer Ewigkeit zeichnete sich ein Ende ab. Er konnte es noch nicht genau erkennen, doch die Details erinnerte ihn an etwas Bekanntes. Ein Schauer durchlief seinen Körper, seine Eingeweide zogen sich mit jedem Schritt mehr zusammen. Die Umrisse einer Tür zeichneten sich immer mehr ab. Deilos brach der Schweiß aus. Er durfte die Tür nicht sehen. Nie! Und erst recht nicht Heute! Er musste sich irren. Schwerfällig schleppte er sich weiter. Gegen seinen Willen schritt er weiter auf die Tür zu, erlangte immer mehr Gewissheit.

Dann stand er vor der Tür. Alles stimmte. Es gab keine Zweifel mehr. Ein Drang erfasste Deilos. Er musste die Klinke ergreifen. Hindurch gehen. Alles in Deilos kämpfte dagegen an. Er wusste, was hinter der Tür lag. Durfte es nicht wissen. Wenn er es wusste, es sich eingestand, musste er handeln. Er durfte nicht ...

Etwas machte „Klick" in Deilos. Er begann zu lachen. Tränen rannen über sein Gesicht, Urin ran an seinem Bein hinab. Er drehte sich um. Befreit stellte er sich den überraschten Bestien, Hunde oder Wölfe, entgegen. Immer noch lachend ging er auf sie zu, breitete die Arme aus. Erleichtert empfing er ihre Zähne.

Tobias kauerte auf der dünnen Matte im dunklen Keller. Die Dunkelheit bot ihm ein trügerisches Gefühl von Sicherheit, denn seine Mama machte immer das Licht an. Sein Bruder Dominik lag etwas von ihm weg, aber nur nicht zu sehr. Gerade so, dass er den kleinen Bruder erreichen konnte, wenn er die Hand ausstreckte. Mehr Nähe ertrugen sie beide nicht. Mit mehr Abstand kam die Angst.

Erschöpft, ausgelaugt und zitternd schloss Tobias die Augen. Nur einen Augenblick später, ganz sicher, öffnete er sie wieder.

Er befand sich in etwas kaltem Weißen. Alles war mit Weiß bedeckt. Der Himmel verschwand unter weißen Wolken. Nur wenige Schritte von ihm entfernt lag sein Bruder in diesem kalten Pulver. Dominik schlief noch, regte sich nicht. Unruhe erfasste Tobias. Er verstand nicht, wo er sich befand. Die Landschaft war so anders als der Keller, in dem er seit langem lebte. Der Unterschied bestand im Licht. Der Keller war dunkel. Nur wenig Licht kam durch die kleinen Fenster, schenkte Tobias und seinem Bruder ein wenig Zwielicht. Hier gab es viel Licht. Aber es war dennoch Zwielicht, blendendes, unklares Zwielicht.

Wind kam auf, darin weiße Flocken, die auf der geschundenen Haut prickelten, sie sanft streichelte. Erst schreckte er zurück, denn es erinnerte ihn an ein anderes Streicheln. Doch bald spürte er die Unterschiede, konnte er das kalte Prickeln fast genießen.

Er krabbelte zu seinem Bruder, rüttelte an ihm. Ein Wimmern antwortete.

„Wach auf, Nick!", bat er seinen kleinen Bruder. „Wach auf! Nick! Wach auf!"

Die Flocken verdichteten sich. Das Licht verschmolz Wolken und Pulver miteinander. Tobias bemerkte es erst nicht, doch dann sah er, dass der Horizont immer mehr verschwand. Oben und unten vermischten sich, ließen Tobias schwindeln.

„Nick! Wach doch auf, Nick!", flehte er seinen Bruder an. Endlich raffte sich der Jüngere auf. Tobias stützte ihn. Suchend blickte sich Dominik um.

„Wo ist das hier?", fragte er Tobias.

„Ich weiß nicht."

„Wo sind Mama und Papa?", fragte Dominik.

„Weg", sagte eine Stimme. Sie bahnte sich einen Weg durch die Hilflosigkeit. Etwas Sicheres haftete ihr an. Eine Gestalt, nicht größer als Tobias selber, schritt auf die Brüder zu. Im schnellen Treiben der Flocken konnte Tobias sie nicht genau erkennen, aber sie ging zielstrebig auf sie zu.

„Ich hab Angst", flüsterte Dominik Tobias in das Ohr. Der Wind wehte stärker, heulte auf und riss die Worte fort.

„Ich auch", antwortete Tobias, etwas lauter, um den Wind zu übertönen.

„Ihr müsst euch nie wieder fürchten", sagte der Hund. Er war schwarz, ohne eine Flocke auf dem glänzenden Fell. „Kommt mit. Meine Herrin möchte euch fortbringen."

„Aber was ist mit Mama? Mit Papa?", fragte Dominik wieder.

„Sie dienen nun meiner Herrin. Sie werden euch nie wieder enttäuschen. Oder verletzen." Tobias konnte es nicht glauben und gleichzeitig wollte er es. Es musste ein Traum sein. Ein wunderschöner Traum.

„Bringst du uns zu Mama und Papa?", hakte Dominik nach. Tobias traute seinen Ohren nicht.

„Nein", sagte der Hund knapp. „Die Herrin wird euch befreien."

„Bitte, bring mich zu Mama und Papa!", bat Dominik.

„Nick! Verstehst du nicht?"

„Ich will zu Papa! Zu Mama!", heulte Dominik auf.

„Sie sind weg! Wir dürfen aus dem Keller raus!", hielt Tobias dagegen.

„Papa! MAMA!", schrie Dominik. Verzweiflung lag in seiner Stimme. „PAPA! MAMA! MAMA!"

Der Hund sah ihm einen Moment lang zu. Tobias erschien es, als würde er einer Stimme lauschen. Dann sagte er: „Wenn es dein Wunsch ist. Folg mir."

Der Junge, der einmal sein Bruder gewesen war, fiel dem Hund um den Hals und lief so weinend neben ihm. Sie verschwanden im Nichts des Weiß. Tobias begann zu weinen. Er sank in das kalte Pulver, schlang die Arme um seinen zitternden Leib. Die Flocken wanderten dichter an ihn heran, strichen beruhigend über seine Haut, boten ihm sanften Trost und Gesellschaft.

Er wusste nicht, wie viel Zeit vergangen war, als der Hund zurückkehrte.

„Wo ... wo ist Nick?", fragte Tobias schluchzend.

„Bei deinen Eltern. Anders als sonst. Sorg dich nicht."

Tobias nickte. Er spürte, dass er dem Hund trauen konnte. Er wirkte nicht wie ein Lügner.

„Folg mir. Du wolltest Freiheit."

Tobias raffte sich auf, stapfte durch das kalte Weiß und achtete darauf, immer beim Hund zu bleiben.

Jahre vergingen, glitten mit jedem Schritt vorbei. Bald erinnerte er sich kaum noch an den Keller. Seine Eltern, sein Bruder, eine warme Erinnerung, die undeutlich blieb. Fast wie ein Traum. Er schritt weiter neben dem Hund her, immer weiter. Freiheit. Der Hund brachte ihn in Freiheit.

Ellen stand in dem Keller über dem schlafendem Jungen. Ihr Diener, die drei Großen und der kleine Hund warteten. Ein Teil ihrer Aufmerksamkeit galt dem Geist des Jungen, ein anderer Teil ihrer Umgebung.

„Bringt Tobias in das Heiligtum. Er benötigt Zeit zum Heilen", sagte sie und meinte nicht die Flecken auf seinem Körper.

Die Dogge erschien im Kellereingang und kletterte die Treppe hinab. Der Dämon hob den Jungen mühelos mit der Schnauze hoch, legte ihn auf den Rücken der Dogge. Ein Border Collie erschien, gesellte sich zu dem Träger des Jungen und achtete darauf, dass er nicht herunter fiel. Die Hunde erklommen vorsichtig die Treppe und verschwanden.

„Wünschst du, den Ort zu reinigen?", erkundigte sich der Dämon.

Ellen ließ noch ein Mal den Blick über das schmutzige Bett, die Kamera und den Schrank mit den DVD's schweifen. Verachtung und Wut brannten noch immer in ihr. Die Lebenskraft von Tara, Deilos und Dominik pulsierte in ihr, befeuerten sie weiter.

Konnte es sein, dass auch die Lebenskraft verdorben war? Nicht nur die Teile, die sie in die Hunde bannte?

„Nein", entschied sie sich, gegen ihr Drängen. „Sonst bleibt es ungesühnt."

„Du hast die Mutter zerfleischt. Was soll noch gesühnt werden?"

Ellen sah zu den DVD's. „Ihr Andenken."

Der Dämon nickte.

An: Karl Kemner
Von: Mark Taller

Hallo Karl,

sag mal, du erinnerst dich doch an den Fall letztens? Den, wo der Kerl von den Hunden gefressen wurde? Mit dem Foto von der Kleinen auf dem Tisch im Krankenhaus. Du weißt schon. Dem Mordopfer. Da ist jetzt schon wieder was passiert. Die Kollegen von der Spurensicherung haben mir da was zu kommen lassen.

Da wurde eine Frau in ihrem schönen Luxushaus gefressen. Vom Mann und von den zwei Jungen fehlt jede Spur. So weit, so bescheiden. Aber jetzt hör dir dass an:

Im Keller war so ein kranker Raum. Die haben da wohl Kinderpornos gedreht. Ein ganzer Schrank voll, mit Aufnahmen von der Mutter. So eine verfickte Schlampe!

Musste da auch an den Fall mit dem Kerl denken. Meld dich mal, und sieh dir die Anhänge an.

Mark

In einem fernen Land

In einem fernen Land war der Diener der Herrin einst auf der Reise mit einem verlorenen Sohn. Die Herrin rettete den Sohn vor seiner bösen Mutter und dem schwachen Vater. Doch tief reichten die Wunden des Jünglings und schwer trug der Diener der Herrin an ihm. Und die Herrin sorgte sich um das Wohl des Kindes. So trug sie es in ihr Heiligtum, auf dass der gute Ritter es finden mochte.

Der Junge lag vor Ellen im Gras. Hunde, echte Hunde, lagen um ihn herum und wärmten ihn. Tobias schlief noch immer. Ellen schwebte über dem Teich, den Blick in ihr Inneres gerichtet, an den fernen Ort, wo der Geist des Jungen mit dem Abbild ihres Dieners durch den Schnee wanderte. Mit jedem Schritt verblassten die Erinnerungen an seine Familie mehr, blieben sie als Abdruck im Schnee zurück.

Die Stärke des Jungen lockte Ellen. Nur eine kaum merkliche Veränderung im Weg und er würde sich ihr hingeben.

Der Keller zuckte durch ihre Erinnerung. Die Hingabe, die eine andere Frau sich von Tobias genommen hatte.

Ellen ermahnte sich. Tobias hatte, genau wie sein Bruder, eine Wahl getroffen. Es stand Ellen nicht zu, dagegen zu entscheiden.

Aber sie musste weiter denken. Der Junge konnte nicht bei ihr bleiben.

Ihr Diener wachte am Rand des Grases über sie. Die drei großen Hunde und der Kleine lagen um das Wasser herum im Grün. Leben pulsierte still um sie herum. Über ihr, im Licht des Tages, glänzte der kranke Baum.

Was hatte Dion gesagt? Der Baum des alten Chaos? Und die Töchter der Alten wollten einen Neuen an diesem Ort erschaffen? Aber die Saat zerstörte diesen Ort. Sie schafften es nur noch, ihn zu weihen.

Wieso wollten sie ihn vor Himmel und Hölle schützen?

Wegen des Handels?

Die Saat ...

Ellen spürte in den Boden, fühlte das Leben darin, doch keine Saat ... und in ihrem eigenen Inneren die Verlockung des Jungen. Wenn sie mit seiner jungen Kraft forschte ...

Sie rief sich zurück. Sie wollte nicht wie ihr Mörder werden, wie die Mutter von Tobias.

Ellen richtete ihren Fokus wieder in ihr Heiligtum. Die Saat musste hier sein.

Vögel jagten durch die Fenster und hinauf durch das zerfallene Dach. Ellen spürte Mäuse in den Räumen, eine schlafende Katze. Den Jungen ...

Einen Moment, bevor Ellen sich den Jungen einverleibte, schreckte sie auf.

Die Hunde reckten die Köpfe, blickten sich suchend um. *Ihre* Hunde begannen auf und ab zu wandern. Ihr Diener legte lediglich den Kopf schief, fixierte sie interessiert.

Der Junge musste fort. Aber er schritt noch durch den Sturm. Konnte er seinen Schritt beschleunigen? Brauchte er mehr Führung? Aber wie? Keinen von ihren Hunden. Sie bestanden aus allem, was ihren Schützling verletzte. Ihr Diener wanderte schon in ihr. Zwar traute sie ihm, aber sie brauchte ihn auch in dieser Welt. Sie wollte nicht riskieren, ihn zu sehr zu zersplittern. Wer blieb?

Ihr Blick schweifte durch ihr Heiligtum, fand Gras, Wasser, Steine.

Dein Diener, wann immer du mich, Sol, rufst!

Der Stein.

Sie vergegenwärtigte sich das Geschenk von Sol, ließ es vor sich entstehen.

Nur wie rief sie ihn?

Ellen betrachtete den Stein genauer. Wenn sie es recht besah, ergaben die Furchen ein Gesicht. Glich es dem Sols? Sie wusste es nicht. Sol war nur eine Gestalt von vielen gewesen. Aber dieses Gesicht im Stein gewann immer mehr an Kontur.

Und Sol erschien, wuchs aus dem Boden empor.

Er benötigte einen Moment, um sich zurecht zu finden, blinzelte irritiert. In ihrer Erinnerung trug er keine erkennbaren Augen. Sein suchender Blick fand den Dämon.

„Die Herrin rief dich", sagte er knapp.

„Die Herrin?", wiederholte er ungläubig. Dann sah er sich erneut um, fand Ellen, den Jungen, die Hunde. „Die Hunde Dame!", hauchte er. „Ihr ehrt mich."

Ellen bemerkte, dass sie Sol's Stimme hören konnte, doch sie ignorierte es. Wichtigere Dinge verlangten ihre Aufmerksamkeit. „Ich benötige deine Hilfe, Sol."

„Was immer Ihr wünscht", beeilte er sich, zu versichern.

„Dieser Junge muss geführt werden. Er wünschte sich Freiheit von seiner Vergangenheit und ich versprach sie ihm, doch er geht nur langsam." Sie konzentrierte sich auf den Jungen in ihrem Inneren, fand ihn und gewährte Sol einen Blick in sie hinein. „Mein Diener führt ihn, aber die Last ist groß."

„Ihr wünscht, dass ich ihm zur Seite stehe."

Ellen nickte.

„Mit Freuden."

„Ich danke euch", versicherte Ellen lächelnd. Dann konzentrierte sie sich auf Sols Wesen, vergegenwärtigte sich Tobias in ihrem Inneren. Sol verschwand und trat durch den Schnee auf Tobias und den Dämon zu. Sie spürte erst Entsetzen, Verzweiflung, dann Erleichterung, als Tobias erkannte, dass es nicht sein Vater war. Wärme ging von Sols Präsenz aus. Ellen konnte nicht erkennen, wie der Junge Sol wahrnahm, doch er warf sich ihm in den Arm.

Der Körper des Kindes atmete tief ein und seufzend aus. Ein Hund sah kurz auf, legte dann wieder den Kopf ab.

„Diener", rief Ellen den Dämon, „hol jemanden, der sich um den Jungen kümmert."

„Soll er ihn draußen finden?"

Sie überlegte kurz. „Nein. Ich will, dass er hier gefunden wird."

„Wie du befiehlst." Der Dämon verließ seinen Sitz und verschwand durch den Korridor.

Ellen wartete, beobachtete dabei Tobias und seine Begleiter. Während der Hund ruhig voranschritt, trug Sol seinen Schützling auf den Schultern.

Die Zeit verging. Immer, wenn Ellen versucht war, den Jungen zu ergreifen, rief Sols Wärme sie zurück. Ein gehauchtes, *Ihr seid besser als die Alten*, lag in dieser Wärme.

Schließlich kehrte ihr Diener im Abendlicht heim. Ein Mann folgte ihm, eine Hand ruhte auf einer Waffe am Halfter. Ellen suchte in dem Geist des Mannes nach einem Namen. *Mark Taller.*

Vorsichtig folgte Mark dem Dämon. Ihr Diener gebar sich wie ein normaler, aufgeregter Hund, lief am Rande des Grases auf und ab.

„Was denn? Was ist ...", er entdeckte das Hunderudel. Und einen Augenblick später den Jungen. „Scheiße!", fluchte er und zog die Pistole, zielte noch auf den Boden. In seinem Geist entdeckte Ellen die Bilder ihres verstümmelten Mörders, von Tobias zerfleischter Mutter. *Ein Polizist.*

Ellen nickte ihrem Diener zu. Lautlos erhoben sich die Hunde, einer nach dem anderen. Ohne Mark eines Blickes zu würdigen, trotteten sie davon, verteilten sich im Heiligtum. Nur Tobias lag, für den Polizisten sichtbar, auf der Wiese.

„Was ist das hier für ein Mist?", argwöhnisch suchte der Mann die Umgebung ab.

In Ellens Innerem neigte sich die Reise von Tobias ihrem Ende entgegen.

Ellen konzentrierte sich, gewann Substanz. Auf halben Weg zu dem Kind verharrte Mark mit offenem Mund, starrte sie an.

„Er ist der Einzige aus der Familie, der noch lebt", verkündete Ellen. „Sorg für ihn."

Der Polizist rieb sich die Augen. Ellen verbarg sich wieder vor ihm.

„Was zur Hölle ...", begann er, brach ab, steckte die Waffe in das Halfter und trat auf das Gras zu dem Jungen. „Hey, Kleiner, alles okay?" Er überprüfte die Atmung, den Herzschlag. Verzog wütend den Mund, als er die Prellungen sah. Vorsichtig hob er den Jungen hoch. „Alles gut, Kleiner. Ich habe dich. Alles wird gut." Tobias hielt die Augen weiter geschlossen. Ellen sah, wie er sich in ihr von dem Dämon und Sol verabschiedete.

Mark ging langsam, immer wieder die Gegend absuchend, in Richtung des Ausganges. Neben dem schwarzen Hund blieb er stehen und warf einen letzten, kritischen Blick zurück zu dem kleinen Teich. Dann verschwand er.

Bald darauf verließ Sol ihr Inneres.

„Ich danke Euch, Herrin", sagte Sol ruhig. Trauer schwang in seinen Worten mit. Ellen erkannte nun immer mehr von seinem eigentlichen Wesen. Alte Züge umspielten sein Gesicht. Feine Finger ruhten ineinander gelegt vor seinem Bauch.

„Ich habe dir zu danken, Sol", erwiderte Ellen.

„Dafür, dass ich einen Sohn begleiten durfte?", fragte er ungläubig.

„Nein, verzeiht, aber dafür gebührt Euch Dank. Ihr seid anders als die Alten, als der Fährmann und sein Handel mit den Mächten. Ihr nehmt Euch nicht einfach die Unschuldigen, wenn sie in Eurer Obhut sind."

„Fast", gestand Ellen. „Fast hätte ich."

„Das ist der Unterschied. Manchmal reicht ein ‚Fast', um einen Unterschied zu schaffen", sagte Sol fest.

Ellen sinnierte kurz über die Worte. Es stimmte, dass sie dem Drang nur fast unterlag, doch fiel es ihr nicht mehr so leicht, dieser Versuchung, wie noch zu Anfang ihres neuen „Lebens" zu widerstehen. Sie spürte, wie mit jedem verdrehten Leben, dass sie in sich aufnahm, die Verlockung wuchs. Wenn sie weiterhin an Stärke gewinnen wollte, ohne Unschuldige, *Wer war schon unschuldig?*, zu verschlingen, musste sie Alternativen suchen. Sonst drohte ihr, genau wie dem Baum, das Verderben.

Sie faste einen Entschluss.

„Sol", begann sie und blickte dem Geist des alten Mannes fest in die Augen, „willst du der Diener zu meiner Linken sein?"

Fassungslos starrte der Alte sie lange an. Dann lief ein Ruck durch seine Gestalt. „Mit voller Hingabe, Herrin!"

„Ich danke dir", sagte Ellen feierlich. „Und mein erster Auftrag an dich lautet: finde Tote. Finde jene, die noch unverdorben sind und bring sie zu mir. Ich muss ihnen einen Handel unterbreiten."

„Wie Ihr wünscht", versicherte ihr Sol.

„Wie sie befiehlt", korrigierte ihn der Dämon. Sol sah ihn kurz an, dann nickte er und verschwand.

Stille breitete sich aus. Der Tag gab sich der Umarmung der Nacht hin, ergötzte sich an ihrem Sternenkleid.

„Und du", begann Ellen, „suchst mit mir. Wir müssen die Saat finden."

Die Maid

Ellen sah die Welt nicht mehr, sie spürte sie. Regungslos schwebte sie über dem Wasser, fühlte in ihrem Heiligtum umher. Ihre Hunde streiften durch die Ecken und Winkel, versuchten, die Witterung der Saat aufzunehmen. Doch es gelang Ellen nicht. Sie spürte die Welt, spürte immer mehr, immer bewusster, die Heiligkeit dieses Ortes. Aber Etwas verhinderte, dass sie ihn ganz erfasste. Ein kleines Stück fehlte.

Frustriert ließ sie ab, starrte in den Himmel hinauf. Der Baum verdeckte kaum die Sterne, das fahle Licht in seiner Mitte glomm verräterisch.

„Hast du etwas gefunden, Diener?", fragte sie den Dämon.

„Eine Ahnung."

„Du hast eine Ahnung gefunden? Was meinst du damit?", herrschte sie ihn an.

„Innerhalb des geheiligten Bereiches ruht Verborgenes. Ich kann nur eine Ahnung davon erhaschen. Die Weihe stößt mich ab."

„Und das teilst du mir erst jetzt mit?", fragte Ellen wütend.

„Ja", sagte der Hund schlicht.

„Du wagst ...", begann Ellan und rief sich dann zur Ordnung. Ihr Diener *war* immerhin ein Dämon. „Wie fühlt es sich an?"

„Schlafend. Lauernd. Lebenshungrig. Jung. Verletzt."

Ellen versuchte, sich die Gefühle zu vergegenwärtigen. Es misslang. Wieso konnte sie es nicht wahrnehmen? Sie fragte ihren Diener.

„Ich weiß es nicht", gestand er.

Ellen dachte einen Moment nach. Dann ergriff sie das weiße Haar im Wasser, erfasste die Macht, die darin lag, ließ sie langsam entströmen. Pflanzen keimten um sie herum, Triebe reckten sich aus dem Boden.

„Es reagiert", verkündete der Hund. „Es sucht nach dem Haar über die Pflanzen."

Die Saat!

Ellen versiegte den Strom der restlichen Kraft. Ruhe kehrte zurück. In der neuen Stille suchte Ellen nach Hinweisen. Die Saat reckte sich nach Kraft aus, wenn sie hinaus strömte, aber sie selbst konnte die Saat nicht spüren. Was hinderte sie daran?

Ganz still verklang ein Gesang. Ellen bemerkte ihn nur an seinem Ende.

„Was war das?", fragte sie ihren Diener.

„Was meinst du?", fragte er zurück.

„Das Lied. Hast du es nicht gehört?"

„Nein."

Wieder ließ Ellen etwas Macht von dem Haar entfließen, sanft und vorsichtig. Die Blumen bildeten Knospen. Und ganz leise das Lied, traurig, flehend, hungrig.

Wenn sie etwas mehr Kraft frei gab ...

„Hör auf damit", forderte eine bekannte Stimme.

Ellen sah auf. Die Alte stand am Eingang, flankiert von zwei Puppen.

Ellen brachte den Strom zum versiegen.

„Ich habe dir nicht erlaubt, mein Haar hier zu nutzen!", stellte die Alte kalt fest.

„Weil du nicht dachtest, ich würde es überleben."

„Spar dir die Spitzfindigkeiten. Du hast doch keine Ahnung, was du hier machst." Die Alte trat langsam näher. Der Dämon knurrte. „Oh bitte! Glaubst du Köter, ich würde mich von dir beeindrucken lassen?"

Hunde traten aus den Schatten. Mehr als zuvor. „Süß", kommentierte die Frau abfällig, blieb aber stehen.

„Du befindest dich in meinem Heim", sagte Ellen fest. „Ich kann mich nicht daran erinnern, dich hereingelassen zu haben."

„Dein Heim? Du bist nur hier, hast den Ort seit ein paar Tagen erst betreten. Dadurch wird er nicht zu einem Heim", sagte die Frau. „Du stehst in dem Haus einer anderen, Kind. Und ich will, in ihrem Namen, dass du verschwindest."

„Den Ort gibt es schon lange", warf Ellen ein. „Er hat viele Besitzer gehabt."

„Schwachsinn!", keifte die Alte. „Es gab viele Besucher, aber nur drei davon haben dies hier als Heim bewohnt."

Ah!

„Und sie haben es verbrannt", entgegnete Ellen trocken. „Jemand hat ihnen wohl nichts vom Feuer erzählt."

„*DU WAGST ES!*", schrie die Frau. „*DU KENNST NUR DIE GESCHICHTEN EINES SÄUFERS!*"

„Dann erzähl mir doch die Geschichte einer Mutter", hielt Ellen dagegen.

„Sie geht dich nichts an", sagte die Alte, sichtlich um Fassung ringend. „Nichts von dem hier ist für dein Interesse bestimmt."

„Das entscheidest nicht du, Alte."

„Doch, genau das tue ich. Du wirst jetzt hier verschwinden, Kind, und niemals wiederkehren."

„Nein."

„Das war keine Bitte ..." Die beiden Puppen richteten den Blick auf Ellen.

„Und das ändert nichts an meiner Antwort", erwiderte Ellen. Ihre Hunde richteten sich auf. Das Rudel echter Hunde zog sich weiter um die Alte zusammen. Die Frau ließ einen kalten, wütenden Blick über die Szenerie schweifen. Wieso war sie gerade jetzt erschienen? Was führte sie her? Konnte es sein, dass sie das Lied hörte? Ellen beschloss, dass sie genug von den Machtspielen hatte.

„Du bist wegen des Liedes hier, nicht wahr? Vorher war dir mein Treiben gleich, auch wenn du bestimmt davon erfahren hast."

Die Frau strafte sie mit einem Blick aus Granit. Gleichzeitig begann sich mit jedem Augenblick ihr Alter mehr abzuzeichnen. Sie schien einen Kampf in ihrem Inneren auszufechten. Ellen beschloss, dass sie etwas Entscheidungshilfe benötigte. Sie ließ die restliche Macht des Haares frei. Leise schwebte das Lied durch die Halle. Die Frau schloss nicht ihre Augen, doch ihr Blick verlor sich in Ferne.

Das Haar verging. Verence Leben zerrann, wurde von dem Lied fortgetragen.

„Ist es *ihr* Lied?", fragte Ellen. Sie verbot sich, Mitgefühl zu zeigen. Die Alte mochte es als Spott verkennen.

„Es ist das Lied von ihnen allen", sagte die Alte. „Das meiner Tochter, ihrem Zirkel und all denen, die sich ihnen in jener Nacht hingaben. Aber ihre Stimme ist die, die am lautesten singt. Sie ist mehr als ein Echo."

„Du wusstest von diesem Lied", stellte Ellen fest.

„Nein. Ich hörte es heute das erste Mal. Es lässt die Äste des Baumes zittern und damit meine Fäden." Sie zog tief Luft ein. „Ich erkannte die Stimme, Kelaags Stimme. Ich wusste, dass sie noch hier sein mussten. Eine Mutter spürt so etwas, aber ich wusste nicht, wie und wo und der Handel verbot mir die Suche."

„Ich bin kein Teil des Handels", sagte Ellen. „Mir stehen andere Wege offen."

„Das macht einige sehr nervös, wie ich dir versichern kann." Sie schloss die Augen. Eine Puppe begann sich zu schälen. Ihre Haut pellte sich ab, löste sich auf. Ellen begann ganz vage, jene Gefühle wahrzunehmen, die der Dämon beschrieben hatte. „Da ist sie. Siehst du?", fragte die Alte. „Sie ruht ganz allein in ihrem Gemach, wartet darauf, aufzublühen. Die anderen sind ihr Kokon, ihre Samenhülse." Sie öffnete die Augen. „Versprich mir, sie zu schonen, Hundedame."

Ellen sah die Frau lange an. Es lag kein Flehen in den Augen der Alten. Entschlossenheit, Verbitterung und Wut, aber kein Flehen.

„Wenn ich es kann, werde ich sie schonen, Weberin."

Die Alte nickte, drehte sich um und ging.

The emergent Chaos

Ellen benötigte einige Zeit, um sich von dem Besuch der Alten zu erholen. Ihre Gedanken drehten sich um ihre eigenen Wünsche, das Versprechen gegenüber der Alten, die Hoffnung, welche sie in Sol und den anderen Toten der Stadt weckte. Litten sie alle so sehr unter dem Handel?

Bald verschwand die Sichel des Mondes, setzte seine Suche nach der Sonne jenseits des Horizontes fort.

Sol kehrte zurück und mit ihm andere Gestalten. Manche wirkten undeutlich, mehr wie die Kontur eines Menschen. Andere, unter ihnen Sol, ließen Gesichtszüge erkennen. Eine wurde von einem Dämonenhund begleitet. Sie ging unsicher an Sols Seite, erinnerte Ellen nur zu gut an sie selbst vor kurzer Zeit. Der fremde Dämon sah sich abschätzend um, begegnete den Blick von Ellens Diener und stutzte.

„Herrin", begann Sol und deutete eine Verneigung an. Er trat mit seiner Begleitung vor. Der Dämonenhund blieb unruhig an der Grasgrenze zurück. „Dies hier ist Lena. Sie fiel einem schrecklichen Raub zum Opfer. Der Hund, der einen Alten hier, wollte sie führen, doch ich konnte sie überzeugen, mit mir zu kommen."

„Und deine anderen Begleiter, Sol?"

In der Gestalt des Toten deutete sich ein Lächeln an. „Sie vernahmen die Geschichten der Hundedame, Herrin. Sie wünschten, Dich, Dein Antlitz selbst zu betrachten."

Ellen ließ ihren Blick über die Toten gleiten, die an den Wänden des Gebäudes standen. Neugierig beobachteten sie die Szene. Flüsternde Worte vertieften die Stille.

„Und du, Lena? Weißt du, was dir zur Wahl steht?"

Die Angesprochene sah hilfesuchend zu Sol, erntete ein aufmunterndes Nicken und sagte: „Er, der Hund, und Sol, beide, sie sagten, ich muss mich entscheiden."

„Das ist richtig. Und ist dir auch klar, wofür?"

„N-nein. Nicht so richtig."

„Dir steht die Wahl zu, deinem Mörder zu vergeben oder Vergeltung zu üben. Und wenn du beides ablehnst, gibt es ..." Sie zögerte kurz, unsicher, ob sie ihren Entschluss wirklich umsetzen wollte. Doch sie brauchte Stärke! „Gibt es zwei andere Wege. Du kannst für den Fährmann Seelen sammeln und in das Nichts gehen. Oder du gibst dich mir hin. Ich mache dich zu einem Teil von mir und du kannst mir dabei helfen, den Baum dort oben zu heilen."

Lena stand dort, völlig verwirrt und hilflos. Ellen sah ihre Unverdorbenheit, ihre Jugend, ihre Kraft. Alles in ihr drängte danach, die junge Frau einfach zu fressen.

„Wieso ... wieso muss ich mich überhaupt entscheiden?"

„Du wirst vergessen, wer du warst. Du wirst zu einer leeren Hülle aus Verzweiflung und Wahnsinn", erklärte Ellens Diener.

Erschrocken wich Lena einen Schritt zurück. „Noch so ein Hund!"

„Ja", bestätigte Ellen. „Er ist mein Diener. Ich machte ihn dazu."

„Aber ... wie?"

„Lass es mich dir zeigen", bat Ellen und streckte ihre Hand aus. Zögerlich ergriff Lena sie.

Teilnahmslos stehen die beiden Frauen daneben, während Ellen erneut getötet wird. Sie folgen ihr auf ihrer Reise durch die Stadt und hin zu ihrer Rache und Vergebung. Ellen nimmt sie weiter mit, zeigt ihr das Danach, die Weberin, die Menschen, die sie aufnahm, Dion, den Teufel und den Engel, all das, bis sie auf Lena trifft.

Langsam löste Lena ihre Hand aus Ellens Berührung. Sie schenkte ihrem Hund einen verachtenden Blick, suchte dann den Baum über der Stadt.

„Er könnte wundervoll sein", murmelte sie leise. Erwartungsvolles Flüstern glitt durch den Raum. „Du wirst mich ganz aufnehmen? Nicht ein kleines Stückchen von mir wird zu einem Hund?"

Ellen nickte. Ein unruhiger Moment verstrich. „Dann los!"

Ellen schloss die Augen, streckte ihre Hände Lena entgegen. Die Tote ergriff sie. Ellen sah in ihr Wesen hinein. Sie entdeckte eine Kindheit so glücklich dass sie Tränen in die Augen treiben konnte. *Die schönen Stunden mit dem Großvater, das Fangenspielen im Garten mit ihren Brüdern, die drei Generationen Hunde und unzählige Katzen. Endlose, ewige Sommer mit blauen Flecken an den Beinen und wilden Haaren. Die langen Nächte mit der besten Freundin. Erst als Kinder, dann als Jugendliche. Der bedingungslose Rückhalt ihrer Eltern. Der erste Kuss, die erste prickelnde Berührung auf der Haut. Die letzten Momente, als sie fast das rettende Auto erreichte. Der Kampf um ihre Tasche, die sie loslassen wollte, aber nicht konnte. Plötzlich das Messer in ihrem Bauch.*

Ellens, Lenas Leben zieht vorbei, verbindet sich mit Ellens.

Sie öffnete die Augen. Neue, vollständige Kraft durchströmte sie. Die Welt lag klarer vor ihr. Der Baum weit über ihr, die leicht pulsierenden Ströme von Seelenkraft, die zwischen der Stadt und dem Baum flossen. Und nun konnte sie auch die Saat besser erkennen. Das Heiligtum lag als Decke darüber, schützte den kleinen Keimling. Überall um sie herum die rastlosen Toten. Ehrfurcht lag im Raum, gebannte Erwartung.

Sie wusste nicht mehr, ob sie Ellen oder Lena war. Sie war beide. Sie war keine. Ein Flüstern erregte ihre Aufmerksamkeit.

„Herrin?", wiederholte sich Sol.

Natürlich, sie war die Hundeherrin.

„Ja, Sol?"

„Ist es geglückt?"

Die Herrin nickte würdevoll. „Der erste Schritt ist getan, Sol."

„Benötigt ihr mehr Kraft? Mehr Stärke?"

Die Hundeherrin sah die Welt jenseits ihres Heiligtums. Etwas lag über der Stadt, ein Siegel, dass den Strom der Seelen steuerte. Aber nicht nur das, es beeinflusste auch das Leben der Toten, dämpfte sie und entzog ihnen schleichend Kraft. War dies der Handel? Die Herrin erkannte, dass die Kraft und Auswirkung des Handels größer waren, als sie vermutete. Sie musste noch stärker werden!

Sie richtete ihren Blick wieder zurück in ihr Heiligtum. Sie wusste, dass sie hier hingehörte, aber es bildete noch nicht ihr Zuhause. *Es muss mein Heim werden,* durchfuhr es sie. Wie konnte sie es zu ihrem Heim machen? *Hinterlass deine Spuren,* wisperte ein Lied, ganz leise und nur für ihre Ohren und die der Mutter bestimmt. *Du hast hier keine Spuren, keine Wurzeln.*

Die Hundeherrin streckte sich hinab, der Saat entgegen. Sie strich sanft darüber, ließ kleine Tropfen ihrer Kraft darauf zurück. Das Lied erklang, nur sanft und kurz. Die Toten begannen sich zu wiegen. Etwas mehr Kraft ließ sie in das Gras, die Pflanzen im Boden strömen, sie wuchsen und erblühten. Das Gras breitete sich weiter aus. Ganz nach Belieben ließ sie es an verschiedenen Stellen wachsen, an anderen vergehen. Ranken kletterten an einem Träger empor, bohrten sich hinein und zermalmten ihn. Ein Teil der Decke stürzte ein, öffnete das Dach weiter. Sie konnte den Baum nun vollständig über sich erblicken.

„Ja", gab sie schließlich Sol die Antwort. „Ja, ich brauche mehr Stärke."

Ein Toter trat vor. Kaum mehr als eine Kontur. Die Hunde Herrin erkannte sein Alter, dass er bereits seit langer Zeit als Geist wandelte, lange vor dem Handel, bevor die Toten gelenkt wurden.

„Herrin, bitte", setzte er an. Die Stimme nur ein leises Seufzen. „Nehmt von mir, was Ihr benötigt."

Sie erblickte seine Seele, erkannte nur wenige Makel. Eine sanfte, beständige Kraft lag noch in seinem Inneren, wenig aber willkommen. Sie streckte sich aus, hieß ihn Willkommen.

Ein neuer Hund entstand, trug den kleinen Makel in sich.

„Herrin! Bitte!", eine neue Tote trat vor.

„Herrin! Herrin!", ein anderer bat um gehör. Und dann ein Weiterer. Immer mehr.

Sie widmete jedem einen durchdringenden Blick, erfasste ihr Wesen und verleibte es sich ein, erst vorsichtig, dann immer gieriger, verfiel in einen Rausch. Neue Hunde entstanden. Jeder Tote erweiterte ihr Wesen weiter, vermischte sich mehr mit ihr. Schließlich blieben Sol und einige wenige Tote übrig. Ihr Dämon wartete geduldig am alten Rand des Grases. Erste Halme wuchsen um ihn herum.

„Diener", eröffnete sie ihm „besuch Dion und richte ihm aus, dass wir ein Fest feiern werden. Er und sein Gefolge ist geladen."

„Natürlich, Herrin." Der Dämon wandte sich ab und verließ ihr Heiligtum.

„Sol."

„Herrin?"

„Du wirst meine Stimme sein. Ich werde hier lange Zeit bleiben und wachsen. Ich muss selbst hinauf ragen." Sie begann, einen Teil von sich auszubreiten, streckte ihn der Saat entgegen, umschloss sie sanft, ließ Kraft hinein fließen und verband sich mit dem Samenkorn. Die Erinnerung an ein Versprechen, das einer Mutter galt, begleitete sie. Sie verschlang die Schale, die beiden Töchter, die der Dritten Schutz boten. Vorsichtig untersuchte sie die Natur des Samenkorns. Langsam tauschte sie die Tochter mit sich selbst.

Ein kleines zartes Licht erwachte vor ihr zum Leben.

„Bring dies hier zu der Weberin, Sol. Fürchte dich nicht vor ihren Puppen, sie wird dir kein Leid zufügen."

Sol wankte unsicher, schloss dann aber vorsichtig seine Hände um das Licht. „Wie ihr befiehlt, Herrin." Noch während er ging, widmete sich die Hundeherrin wieder ihrem Teil, der jetzt ein Samenkorn bildete. Gerade wollte sie es dazu anregen, Wurzeln wachsen zu lassen, da tauchte eine Regung in ihr auf. Eine Erinnerung an ein Messer, an Wut und Trauer. Sie erfasste das Rudel, das noch immer in ihrem Heim ruhte, suchte in der Erinnerung nach einem Gesicht, ein Geruch, einer Stimme. Sie fand, wonach sie suchte und schickte die Hunde aus.

Mit einem Teil ihres Bewusstseins wohnte sie dem Festmahl bei, beobachtete sie Sol und die Weberin und fand die Verzückung Dions.

Und sie streckte sich aus, ließ Wurzeln sprießen, reckte Äste in wilder Lebenslust empor, kümmerte sich nicht um die Wege, die sie dabei einschlugen.

Bald, bald reichten ihre Wurzeln, ihre Äste überall hin. Bald reichte sie hinaus bis zu ihrem Bruder. Nur noch etwas mehr Stärke ...